KB247758

(칠십 여행　)

· 이 책에 실린 해당 저작물의 모든 내용은 저작권법에 따라 보호를 받는

(주)스노우폭스북스의 저작물이므로 무단 전재와 무단 복제를 금합니다.

· 이 책 내용의 전부 또는 일부를 사용하려면 반드시 출판사의 동의를 받아야 합니다.

나이 듦, 그래서 더 아름다운

(칠십 여행)

A Journey at Seventy

이여진 지음

A JOURNEY AT SEVENTY

PROLOGUE

2023년 나는 대한민국 법석 노인이 되었다. 아무 말도 하지 않았다. 나이를 먹는 일은 즐겁지도, 그렇다고 슬프기만 한 일도 아니다. 다만 한 가지 선물이 있다면 사춘기부터 내 안에 자리 잡았던 긴장과 경계에서 조금씩 풀려날 수 있다는 점이다. 경쟁의 사회에서 긴장은 타인과의 비교에서 오고 경계는 관계 속에서 피할 수 없는 그림자처럼 따라붙는다.

오랜 직장 생활을 마치고 나는 그 긴장과 경계로부터 조금은 벗어났다. 그러나 삶은 온전히 내 것이 아니었다. 누구보다 가족을 챙겨야 하고 동시에 스스로도 버텨내야 했다. 은퇴 후 SNS 알림이 가장 많이 온 건 부고와 청첩장이었다. 그 완충 지점에서 내가 선택한 반란은 익숙한 곳을 떠나는 일이었다. 삶의 피로가 쌓일 때마다 책과 영화에 기대 잠시 숨을 돌리곤 했지만 그것은 어쩌면 직접 부딪히지 않기 위한 도피였다는 걸 뒤늦게야 알았다. '열심히 일한 당신 떠나라.' 한때 마음속에서만 반복되던 광고 문구를 이제야 내 손으로 현실에 옮겼다. 33년의 노동의 대가로 처음 마주한 목돈은 비로소 떠나도 괜찮다는 허락처럼 느껴졌다. 그래서 나는 떠났다. 일상에서 벗어나기 위해 동시에 나를 비우기 위해서다.

　그러나 악보의 도돌이표처럼 반복되던 여행은 팬데믹으로 멈췄다. 모두 제자리를 잃고 흔들리던 시간이었다. 그 침묵의 시기 동안 우리는 깨달았다. 일상으로 돌아갈 수 있는 것이 가장 큰 선물이란 것을. 세상이 다시 문을 열었을 때 일본 어느 쇼윈도에 비친 낯선 여자를 보았다. 그 모습은 내가 알던 '나'이면서도 한 번도 제대로 바라보지 않았던 '나'였다. 그 낯섦 속에서 깨달았다. 여행이 채워주지 못한 빈자리였음을. 그 빈자리는 '어디론가 떠나는 나'가 아니라 '돌아와 나를 마주하는 나'에게 남아 있었다. 나는 여행의 파편을 모아 글을 쓰기 시작했다.　그 공허는 허무와는 다르다. 대나무의 비워 둔 속처럼, 비어 있기 때문에 더 멀리 자라고 더 유연해질 수 있는 여백이었다. 지나온 여행지를 다시 검색하고 기록을 되짚으며 대상의 이야기와 맥락을 다시 붙잡는 순간 여행은 나의 일부가 되었다.

나는 이제 긴장과 성세의 줄을 놓칠 만큼 무르지도,

다시 팽팽히 잡아당길 만큼 서툴지도 않다.

세상의 바람과 고통을 비껴가지 않고도 버틸 수 있는 나이가 되었다.

조금 뻔뻔해지고, 조금 포기하고, 조금은 더 단단해진 나이.

그리고 그 모든 과정의 이름을 나는 이렇게 부른다.

여행을 통해 나를 다시 배우는 시간.

멈춤과 비움으로, 다시 삶을 채워나가는 시간.

이제 나는 떠날 수도 있고 머물 수도 있다.

그것을 스스로 선택할 수 있는 나이가 되었다.

Chapter 2. 사람

Chapter 1

풍
—
경
—

호수는 풍경 가운데 가장 아름답고

가장 깊은 뜻을 품은 얼굴이다.

그것은 땅이 가진 눈과도 같아

그 속을 들여다보면

사람은 저절로 자신의 깊이를 헤아리게 된다.

- 헨리 데이비드 소로 -

1

그날의 노을이 내게
말하려던 것

: 코타키나발루, 침묵하는 하늘 아래

코타키나발루는 낯선 이름이었다. 보르네오 섬 북동부, 말레이시아 영토에 자리한 이곳은 '황홀한 석양'으로 불린다. 가장 인상 깊었던 곳은 툰쿠 압둘 라만 해양국립공원의 탄중아루 해변이었다. 그날 바다와 하늘은 경계를 잃고 붉게 하나가 되었다.

흰 구름이 간간이 걸린 하늘과 수평선은 불투명해지고 바다와 하늘은 마치 한 장의 캔버스 위에 붉은 물감을 흩뿌려 놓은 듯 물들어 있었다. 태양은 바다 위에서 천천히 불타오르다 녹아내리듯 사라졌다. 그 순간 나는 전율을 느꼈다. 단순한 감탄이 아니었다. 괴테가 말한 것처럼 두려움과 경외, 경이감이 한꺼번에 밀려왔다. 그날 나는 관광객이 아니라 우주 속 티끌 같은 나를 겸허히 받아들이는 여행자였다. 오래 쌓아 두었던 교만이 사라지고 내 안에서 깊은 고요가 찾아왔다.

저녁노을 아래에서 한때 잊고 있던 마음이 다시 빛났다.

얼마나 시간이 흘렀을까. 남편이 나를 부르는 소리에 돌아보니 가이드가 일행을 찾고 있었다. 마법 같은 시간이 끝나는 순간, 남편이 다가와 어깨를 감싸 주면 좋으련만. 그 마음을 눈치챈 듯 가이드는 우리 부부의 사진을 찍어 주었다. 그 짧은 찰나, 오래 묵은 감정이 스르르 풀렸다. 연애 시절로 돌아간 듯 웃음이 번졌다.

남편은 지인의 소개로 만났다. 나이 차가 있었지만 고향이 같았고 첫인상도 좋았다. 객지에서 직장생활을 하던 그는 결혼 후 내 직장 근처에 집을 얻었다. 신혼살림에 그가 들고 온 것은 통기타와 고급 영어 카세트테이프 세트였다. 기타는 우리에게 낭만이었고 카세트는 그의 자부심이었다. 몇 번의 이사 끝에도 버리지 못한 그것들은 먼지를 뒤집어쓰고 여전히 우리 집 구석에 남아 있다. 우리의 결혼 생활을 지켜본 산증인 같은 존재라 차마 버릴 수 없었다.

세월이 흐르면 빛나는 건 새 물건이 아니라

버리지 못한 마음이다.

멀어졌다 가까워졌다. 그래도 끝내 같은 자리에서 서로의 편이 되었다.

해변을 빠져나올 때, 붉은 태양은 마치 녹아내리는 듯 천천히 사라졌다. 젊은 날 불타오르던 열정도 세월에 따라 조금씩 사라졌음을 느꼈다. 남편이 먼지를 털고 다시 기타 줄을 매는 날은 올까. 그날이 오면 좋겠다.

영화 비포 미드나잇의 한 장면이 떠올랐다. 40대가 된 셀린과 제시는 격렬히 다투다 제시가 이렇게 말한다. "이봐, 내가 그 남자였어. 기차에서 말을 걸던 그 남자. 지금 마음에 들지 않아도 어쩔 수 없어. 이게 우리가 만든 현실이거든." 그 말에 셀린은 대꾸하지 못한다.

그 말을 굳이 듣지 못해도 괜찮다. 우리가 함께 만든 시간이 이미 대답이니까. 세 편의 비포 시리즈 중 마지막 편인 이 영화에서 두 사람은 더 이상 꿈꾸는 연인이 아니라 현실을 함께 살아가는 부부로 그려진다. 우리 부부도 그 끝없는 줄다리기의 끝자락에 서 있다는 것을 실감한다.

언젠가 남편도 이렇게 말해 준다면 얼마나 좋을까. "내가 그때 그 남자였어. 헤어지던 골목길에서 네가 내 품에 안겼잖아. 그때 내가 영원히 책임지겠다고 했던 그 남자."

코타키나발루에서 느꼈던 자연의 전율과 그날의 감정은 오래도록 내 기억 속에 남아 있다. 나중에 나이가 더 들고 기력이 쇠해도, 그날의 기억을 하나씩 끼내 다시 음미하고 싶다. 바쁘고 서두르는 시간 속에서도 가끔은 멈춰 서서 저녁노을을 바라봐야겠다. 그 기억이 내 삶을 다시 일으켜 세워 줄 테니까. 그리고 언젠가, 낡은 기타에서 다시 한 줄 소리가 날 때 그 순간까지 우리가 함께 살아냈다는 사실이 내 가장 조용한 기쁨이 될 것이다.

언젠가 남편이 먼지를 털고 기타 줄을 다시 매는 날이 오기를 바란다. 흰머리가 늘어난 지금은 어렵겠지만, 그 청년의 모습은 여전히 내 마음속에 살아 있다. 사람은 사랑을 잊지 않는다. 다만 오래 묻어두었다가 노을 앞에서 조용히 다시 꺼낼 뿐이다.

붉은 태양이 바다로 잠기듯 젊은 날의 열정도 사라졌다.

그러나 그날의 노을은 내게 속삭였다.

오늘을 붙잡아라.

사랑도, 화해도, 미루지 말아라.

이 순간이 지나면 다시 돌아오지 않는다.

삶에서 가장 소중한 것은 대단한 성공이 아니라,

그 순간에 온전히 머무르는 일이다.

바쁘고 서두르는 시간 속에서도 잠시 멈춰 서서

저녁노을을 바라볼 여유를 잃지 않아야겠다.

그 기억이 나를 다시 살려줄 것이다.

2

첫사랑처럼
간직한 마을

: 할슈타트, 시간이 멈춘 호숫가에서

33년. 퇴직 후 내가 가장 하고 싶었던 일은 떠나는 일이었다. 수십 년 같은 자리에서 버티던 나의 시간은 이미 기울어 있었다. 그때 여행은 내게 도망이 아니라 회복이었다. 익숙함을 떠나 낯선 곳으로 나를 옮기는 일, 그것이 다시 '나'를 세우는 첫 걸음이었다. 한 사람의 삶에서 가장 조용한 반란은 떠나는 마음이다. 아무도 모르게, 나조차 모르게 일어나는 결심이다. 오스트리아의 할슈타트는 그 여정에서 유독 오래 내 안에 남은 곳이다. 호수와 산이 겹쳐진 그 마을은 마치 세상과 단절된 또 하나의 세계처럼 고요했다. 파스텔 톤의 집들, 호수 위를 미끄러지듯 떠다니는 백조, 구름이 걸린 산맥, 모든 것이 완벽히 제자리에 있었다.

할슈타트에서 처음 마주한 풍경

그 풍경 안에서 나는 처음으로 깨달았다.

젊은 날의 여행이 풍경을 수집하는 일이었다면

지금의 여행은 나를 비워내는 일이다.

시간이 나를 흘려보내는 줄 알았는데

실은 내가 시간을 흘려보내고 있었다는 깨달음 같다.

호텔 발코니 문을 열자 산과 호수가 한눈에 들어왔다. 햇살에 반짝이는 물결은 내 안의 피로를 씻어냈고, 그 아래로 시간의 먼지가 가라앉는 듯했다. 교회의 시계탑이 천천히 빛을 켜기 시작하자, 마음속에 잔잔한 목소리가 울렸다. "너는 충분히 애썼다. 이제 조금 쉬어도 된다." 아마도 오래전, 누군가의 따뜻한 손에서 시작된 말. 잊고 살아온 위로가 다시 나를 찾아왔다.

대학을 졸업하자마자 고향을 떠났다. 낯선 도시의 차가운 교무실, 낡은 철제 책상 하나가 내 자리를 대신했다. 그날 창밖의 운동장은 텅 비어 있었고 매서운 겨울바람이 교실 안을 가득 채웠다. 그때부터 나는 오랜 시간 '정해진 삶'을 살았다. 규칙과 책임이 나를 움직였고 누군가의 기대가 나를 붙잡았다. 그러나 그때의 나는, 내 인생이 어디로 흘러가는지도 몰랐다. 돌이켜보면 그 시절의 나는 늘 어른인 척했지만 사실은 길을 잃지 않으려 안간힘 쓰던 여인이었다.

할슈타트의 시간은 달랐다. 그곳의 시간은 '시계의 시간'이 아니라 '영혼의 시간'이었다. 크로노스의 시간 속에서 살아온 나에게, 카이로스의 시간이 처음으로 찾아왔다. 누구의 일정도, 계획도, 의무도 없는 시간. 그 시간 안에서 나는 비로소 살아 있음을 느꼈다.

멈춘다는 것은 낭비가 아니라

회복이었다.

아무것도 하지 않는 순간이

가장 깊이 숨 쉬는 순간이었다.

호수 위에 비친 할슈타트의 숨결이 내 안의 오래된 피로를 가라앉혔다.

밤이 내려앉을 무렵, 호수 위에 고요가 스며들었다. 그 고요는 오래전 잊었던 기억 하나를 꺼내 주었다. 대학 시절, 나를 찾아왔던 친구였다. 덥수룩한 머리, LP판 한 장을 들고 서 있던 수줍은 청년. 그와 함께 걸었던 제주 바닷가의 겨울 노을이 다시 떠올랐다. 열정은 영원하지 않지만 진심은 오래 남는다. 세월이 흘러 다시 그를 만난다면 어떤 기분일까. 아마도 나는 그의 달라진 모습보다 내 늙은 얼굴을 보고 실망하지 않기를 먼저 바랄 것 같다. 그날의 우리는 서툴고 가난했지만 마음만은 참으로 뜨거웠다. 그 뜨거움이 지금도 내 가슴 한편을 따뜻하게 지핀다. 그래서 나는 할슈타트에 다시 가지 않으려 한다. 첫사랑처럼, 무척이나 젊은 아름다운 그날의 떨림을 그대로 간직하고 싶다.

기억은 변하지 않아야 아름답다.

세월이 흘러도 내 안의 할슈타트는 여전히 빛난다.

그날의 호수,

그날의 빛,

내 마음을 감싸던 시계탑의 불빛.

그 모든 풍경은 내 안의 시간이 되어 지금도 조용히 살아 있다. 돌아가지 않아도 다시 만날 수 있는 곳이 있다. 마음이 기억하는 장소는 시간의 밖에 있다.

이제 나는 안다. 여행은 세상을 보는 일이 아니라 세상 속에서 나를 다시 만나는 일이라는 것을. 그리하여 나는 오늘도 풍경의 안과 밖을 서성인다. 그 경계 위에서 비로소 '살아 있음'을 배운다. 그리고 아주 가끔, 이유 없이 눈가가 젖는다. 잊지 않고 살아온 시간들이 나를 안아주는 순간들이 있어서 그렇다.

혼들림조차 아름다웠던 할슈타트의 호수 위 하루.

3

바다를 내려다본 날

:그레이트 오션 로드, 끝없는 수평선과 마주하다

멜버른은 남반구의 여름으로 반짝이고 있었다. 추운 겨울을 피해 떠난 여행지, 그곳은 따뜻한 햇살과 느린 바람이 반겨주는 세상이었다. 나는 오랜만에 완전히 '나'로 돌아간 기분이었다. 그레이트 오션 로드. 그 이름부터 이미 스케일이 달랐다. 끝없이 이어지는 해안 절벽과 바람, 그리고 수천 년 동안 파도에 깎여 만들어진 돌기둥들. 그곳을 가장 잘 느끼는 방법은 하늘에서 보는 것이라고 했다.

고소공포증이 남다른 남편 없이 나는 혼자 헬리콥터에 올랐다. 거기다 4인승 조종석 옆자리에 앉게 되다니. 헬리콥터가 이륙하자, 세계가 서서히 작아졌다. 창밖으로 에메랄드빛 바다가 펼쳐졌고, 그 위로 하얀 포말이 반짝이며 물결을 그렸다. 남색 하늘과 옅은 청록의 바다, 황토색 절벽이 겹쳐진 풍경은 인간이 만든 그 어떤 건축물보다 완벽했다. 그때 처음으로 대자연이라는 말의 의미를 온몸으로 느꼈다. 언어로는 다 담을 수 없는 장엄함이었다. 그 순간 나는 작아진 것이 아니라, 오히려 나를 다시 크게 품는 세계를 만난 것 같았다. 잊고 있던 숨이 깊게 들어왔다.

드넓은 바다 위로 황토색 돌기둥들이 서 있었다. 그들은 오랜 세월 파도에 깎이며 모양을 잃어갔지만, 그 자리를 지키고 있었다. 누군가 그 절벽들을 열두 사도 (The Twelve Apostles)라고 부른 이유를 알 것 같았다. 그들은 마치 세상의 바람과 물결을 온몸으로 받아내며 묵묵히 버티는 순교자처럼 서 있었다. 그 광경을 내려다보는 동안 나는 오랜 세월의 무게를 견뎌온 내 인생을 떠올렸다. 교단 위에서 보낸 그 청춘의 날들. 그저 누군가의 삶에 도움이 되기를 바라며 바친 인생.

깎이고 닳아가도 자리를 지키는 아름다움.

그 모든 시간은 결국 '버팀'이었나. 사람의 기대와 책임, 끝없는 반복의 나날 속에서 나도 절벽처럼 깎이고 닳아가며 내 모양을 잃어왔는지도 모른다. 그러나 그 바위들이 아름답게 빛나듯, 내 삶의 흔적 또한 그 나름의 모양으로 남아 있을 것이다. 누가 보지 않아도 괜찮았다. 버티며 흘려보낸 날들 속에서 나 역시 조금씩 빛나고 있었다.

나는 제주에서 태어났다. 파도는 언제나 거세고 바람은 늘 거칠었다. 바다는 늘 나를 두렵게 했고 그래서 물가에 가까이 가지 못했다. 육지에서 직장 생활을 하던 시절, 사람들은 제주 사람이라면 수영을 잘할 거라고 여겼지만 나는 그 말을 들을 때마다 괜히 움츠러들곤 했다.

그들의 환상 속의 바다는 반짝였지만 내가 아는 바다는 비릿하고 거칠고 위험했다. 어쩌면 나는 평생 바다를 두려워했던 사람인지도 모른다. 그런 내가 지금 하늘 위에서 바다를 내려다보고 있었다. 그 아래의 파도는 더 이상 나를 위협하지 않았다. 그저 거대한 리듬으로 호흡하며 존재할 뿐이었다. 두려움이란 사라지는 것이 아니라 다른 시선으로 바라볼 때 달라지는 것이다. 내가 바다를 이해한 게 아니라 시간이 흘러 바다가 나를 이해해준 것 같았다. 그제야 마음이 풀렸다.

20분간의 짧은 비행이 끝나고 헬리콥터가 착륙했다.

남편이 활주로 끝에서 나를 향해 손을 흔들었다.

고소공포증이라며 남았던 그가 사실은 비싼 요금이 부담스러웠다는 걸,

나는 알고 있었다.

그가 서 있는 땅과 내가 바라본 하늘 사이의 거리만큼 우리의 세월도 그렇게 달라져 있었다. 그러나 같은 풍경을 다른 자리에서 본다는 것, 그것 또한 긴 부부의 시간 속에서 배운 일치의 방식이었다. 멀리 선 그가 어쩐지 더 가까웠다. 함께한 날들이 우리를 천천히 같은 쪽으로 밀어주었다는 걸 그 순간 깨달았다.

나는 이따금 생각한다. 세월이 더 흘러 이제는 여행조차 어려워진다면 무엇이 나를 위로해줄 수 있을까? 기억 속 풍경 하나가 큰 위로가 되는 날이 온다면 그건 내가 잘 살아왔다는 뜻이겠지. 바람에 깎인 절벽들, 묵묵히 서 있는 돌기둥들, 그리고 그 아래서 잔잔히 부서지던 파도의 빛을. 삶은 언제나 같은 풍경을 다르게 바라보는 일이라는 것을. 젊을 때는 바다의 파도에 눈이 머물지만 나이 들어서는 그 파도를 견디는 바위에 마음이 간다. 시간은 우리를 깎지만 그 깎인 자리마다 빛이 난다. 상처가 낡은 자리에 햇살이 머물렀다. 지나온 시간도 그렇게 나를 다듬어주었을 것이다. 여행은 세상을 보는 일이 아니라 그 풍경 속에서 '나'를 다시 만나는 일인가 보다.

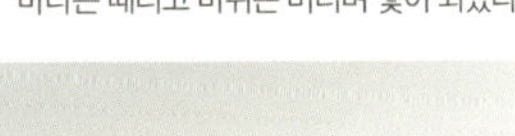

바다는 때리고 바위는 버티며 빛이 되었다.

4

깎이고 다듬어진 풍경처럼
내 삶도 그렇게 반들거렸다

:게이랑에르와 송네피오르, 피오르의 시간

노르웨이의 피오르는 오랜 시간 빙하가 깎고 다듬어 만든 자연이 새긴 긴 숨결이다. 그곳에 서면 세상의 소리가 멎는다. 산이 바다를 끌어안고 바다가 산을 비춘다. 그 깊고도 고요한 균형 속에서 인간의 존재는 한없이 작아진다. 작아진다는 말보다 겸손해진다는 말이 더 맞았다. 내 안의 소음도 잠잠해졌다.

페리가 피오르 안으로 천천히 들어섰다. 물빛은 청록이었다. 심연을 가늠할 수 없을 만큼 깊었고 그 깊음이 주는 두려움과 경외가 동시에 밀려왔다. 배가 지나가며 남긴 하얀 포말이 햇살에 반짝였다. 인간이 만든 그 어떤 문장보다 자연의 침묵이 더 많은 이야기를 품고 있다는 것을 새삼 느낀다. 말을 줄이는 것이 성숙이라면, 침묵을 배워가는 것이 아마 나이듦일 것이다. 송네피오르는 시간의 강이었다. 6천 년 전 빙하가 녹으며 만들어진 그 협곡은 마치 한 시대의 기억이 물결로 이어져 있는 듯했다. 절벽은 거칠고 위엄 있었으며 그 아래로 흐르는 물결은 아무 말 없이 세월을 증언하고 있었다. 그 앞에서 나는 오랫동안 말을 잃었다. 그 때 문득 머릿속에 한 멜로디가 스쳤다. '솔베이지의 노래'.

젊은 날 음악 시간에 배웠던 그 노래는 그 시절 내 안의 막막함을 달래주던 유일한 곡이었다. 책상 앞에 앉아 시험과 진학의 중압 속에 시들어가던 청춘에게 그 노래는 눈물처럼 맑고 고요한 위로였다. 그때 흘리지 못한 눈물이 세월이 흐른 지금에서야 조용히 번져온다.

이제 나이 들어 다시 듣는 그 노래는 전혀 다른 느낌으로 다가온다. 젊은 날에는 사랑의 기다림으로 들렸던 멜로디가 지금은 '기다림 그 자체로 살아낸 한 사람의 인생'처럼 느껴진다. 솔베이지가 백발이 되도록 부르던 그 노래는 사랑보다 인내, 그리움보다 믿음의 노래였는지도 모른다.

기다림은 포기와 다르다.

끝내 닿지 못해도 마음을 놓지 않는 일이다.

　피오르의 절벽을 바라보며 나는 그 생각을 오래 붙들었다. 수천 년의 세월을 견디며 깎인 절벽은 그렇게 마치 삶의 풍파를 견딘 한 사람의 얼굴 같았다. 아픔을 말하지 않아도, 그 자리에 남아 있다는 것만으로 이미 아름다웠다. 내 삶도 설명하지 않아도 좋다. 버티며 남아 있었던 날들이 증거이니까. 사랑도 그렇다. 끝내 붙잡지 못해도 한때 진심이었다면 그것으로 족하다.

멀리 붉은 노을이 피오르 위를 물들였다. 그 색은 뭉크의 그림 〈절규〉에서 보았던 붉음과 닮아 있었다. 고통과 경이, 절망과 생의 찬란함이 한 화면 안에서 섞여 있었다. 아마 그가 바라본 피오르의 노을도 이런 빛이었을 것이다. 같은 풍경을 보아도 마음이 다르면 세상이 달라진다. 그의 눈에는 절규가 보였고 내 눈에는 평화가 스며 있었다. 젊을 때는 상처를 먼저 보고, 나이 들면 빛을 먼저 본다. 마음이 자란 것이다.

한때 유럽에서 가장 가난했던 나라 노르웨이는 지금 세계 최고의 복지국가로 서 있다. 그 변화의 뿌리에는 이 땅의 피오르가 깃들어 있을 것이다. 상처가 깊었던 땅이 더 단단해지는 법. 사람도 다르지 않다. 오랜 침묵 속에서도 무너지지 않고 천천히 스스로를 깎아 새로운 모양을 만든 그 힘, 그것이 바로 자연의 인내요, 인간의 길이기도 하다.

자연이 남긴 흔적은 삶을 견디는 방식과 닮아 있다.

피오르는 단순한 풍경이 아니라 시간의 은유다.

그 깊이를 내려다볼수록, 내 삶의 세월이 비쳐 보인다.

젊은 날의 열정이 물결이라면 지금의 나는 절벽이다.

버티며 깎이고 그 위에 새겨진 흔적이 나의 노래가 된다.

그 노래는 화려하지 않다. 그러나 조용히 오래 남는다.

그래서 나는 오늘도 그 노래를 마음속으로 흥얼거린다.

솔베이지처럼, 기다림의 시간 속에서도 자신을 잃지 않기 위해.

깎여가며 반들거린 내 삶의 표면이 언젠가 빛으로 남기를 바라며.

5

리틀 펭귄이 가르쳐준
돌아가는 길

:퍼핑빌리에서 필립 섬까지, 작은 생명이 건네는 위로

멜버른의 하루는 아침부터 설렘으로 시작됐다. 퍼핑빌리 증기기관차를 타고 단데농 숲을 가로지르는 일정이었다. 호텔 앞에서 가이드의 차량을 타니 한국인 청년 한 명이 이미 자리해 있었다. 그는 오전 일정까지만 함께할 여행 동료였다. 짧은 인사를 나누고 나서 차창 밖을 바라보았다. 햇살이 부드럽게 내려앉은 멜버른의 거리는 정갈했고 낯선 도시의 공기가 묘하게 익숙하게 느껴졌다.

퍼핑빌리는 100년 넘게 달려온 오래된 증기기관차였다. 과거엔 농산물을 실어 나르던 화물열차였지만 지금은 사람들의 추억을 싣고 천천히 숲을 건넌다. 기차는 느릿하게 출발했다. 나무로 된 철로 위를 덜컹거리며 달릴 때마다 차창 너머로 초록빛이 흘렀다. 승객들은 다리를 밖으로 내밀고 손을 흔들었다. 나도 아이처럼 웃으며 다리를 내밀었다.

그때의 바람이 얼마나 밝았던지, 잠시 동안 내 나이를 잊을 정도였다. 바람이 지나가면 시간도 잠시 멈췄다. 잃었다고 생각했던 나의 한 조각이 조용히 돌아왔다. 남편은 기차 안에서도 늘 그렇듯 묵묵했다. 조금 불편한 사세로 선 채로 풍경을 바라보던 그의 옆모습은 이상하게 평화로워 보였다.

삶이란 어쩌면 이렇게 잠시 멈춰 서서,

서로의 호흡을 확인하는 시간이 아닐까 하는 생각이 들었다.

말이 없어도 괜찮았다.

오래 함께한 사람만이 들을 수 있는 숨의 박자가 있었다.

기차가 멈춘 곳엔 마루 코알라 동물농장이 있었다. 작은 규모였지만 코알라와 캥거루들이 평화롭게 어울려 있었다. 어미 캥거루의 주머니 속에서 새끼가 고개를 내미는 모습을 나는 숨도 쉬지 못하고 바라보았다.

그 작은 눈망울 안에 '신뢰'라는 단어가 있었다. 누군가를 믿는 일은 두려운 일이지만 믿어본 사람만이 아는 따뜻함이 있었다. 사람의 손길에도 놀라지 않는 그 평화로움이 이 세상이 아직은 따뜻하다는 증거처럼 느껴졌다. 필립 섬으로 향한 오후. 하늘이 서서히 붉어지고 바다는 잔잔했다. 세상에서 가장 작은 펭귄들이 하루의 사냥을 마치고 집으로 돌아오는 시간이었다. 수많은 관광객들이 데크를 따라 서 있었고 모두가 숨을 죽인 채 그 순간을 기다렸다. 어둠이 내려앉자 모래 위에 작고 둥근 그림자들이 움직이기 시작했다. 뒤뚱뒤뚱, 바다에서 나온 펭귄들이 삼삼오오 짝을 지어 보금자리로 향하고 있었다.

사람들의 눈빛은 모두 같은 곳을 향하고 있었다. 그들의 걸음은 조심스럽고도 단단했다. 한 걸음 한 걸음이 살아내려는 의지였다. 작은 몸으로도 제 길을 잃지 않는 존재들. 무언가를 잃지 않으려 애쓰던 내 젊은 날이 겹쳐 보였다.

그때, 아이들이 첫 걸음을 떼던 장면이 떠올랐다. 첫째가 돌을 막 지난 무렵, 나는 객지의 좁은 방에서 혼자 그 아이의 걸음을 지켜봤다. 세상이 다 무너져도 괜찮을 것 같은 벅찬 기쁨이었다. 둘째는 첫째보다 빠르게 걷고 빠르게 웃었다.

코알라 동물농장으로 향하던 멜버른의 작은 열차 위에서 잠시 어린 마음으로 돌아갔다.

그때의 시간들이 지금 내게는 하나의 빛처럼 남아 있다.

그때는 몰랐다.

가장 평범했던 날들이 가장 빛나는 시간이었다는 걸.

아이들이 커서 세상으로 나간 지금,

나는 그 펭귄들을 보며 속으로 중얼거렸다.

‘그래, 저렇게 가면 된다.

넘어져도, 흔들려도, 결국 자기 길로 가면 된다.’

세상의 바람은 언제나 거세지만

각자의 걸음으로 삶을 살아내는 존재들은

그 자체로 아름다웠다.

넘어질까봐 두려워 붙잡았던 시간보다,

비틀거리더라도 스스로 걷던 순간이 우리를 자라게 했다.

그날 밤, 바다 위에는 달빛이 떠올랐다. 리틀 펭귄들이 사라진 해변에는 여전히 그들의 발자국이 남아 있었다. 나는 그 작은 흔적 앞에서 오래 서 있었다. 사라진 것 같아도 남아 있는 발자국. 사랑도 그렇게 우리 안에 남는다.

삶이란 결국 사랑하는 존재들을 세상에 내보내는 일이라는 걸 다시 깨달았다. 기차의 바람, 캥거루의 눈망울 그리고 펭귄의 걸음까지 그 하루의 모든 장면이 내 안에서 이어졌다. 자연은 말없이 가르친다. 오늘도 마음이 흔들릴 때면 그 작은 걸음을 떠올린다. 돌아가면 된다. 다시 시작하면 된다.

6

가을의 나무들처럼 늦게야
비로소 내가 보인다

:도쿄의 공원들, 단풍 아래 서다

사을의 일본은 조용했다.

붉고 노란 잎들이 바람에 흩날리고 공원마다 계절의 숨결이 가득했다. 여행은 늘 그렇듯, 내 마음의 온도를 다시 조정해 주는 일이다. 사람들이 붐비는 도심 대신 공원을 선택한 것은 이제는 회려한 곳보다 고요한 곳이 더 끌리기 때문이다.

만국박람기념공원과 우에노, 신주쿠의 공원들은 각기 다른 표정으로 나를 맞았다. 도시의 틈새에서 잠시 쉬어가는 시간. 그것만으로도 충분히 여행이었다. 만국박람기념공원의 상징인 '태양의 탑'을 처음 마주했을 때 나는 잠시 발걸음을 멈췄다. 거대한 조형물은 낯설고 기이했지만 묘하게 위엄이 있었다. 과거와 현재, 그리고 미래를 동시에 응시하고 있는 듯했다. 그 옆의 일본 정원은 완전히 다른 세상이었다. 물소리 하나 없이 고요한 연못, 바람에 살짝 흔들리는 단풍, 그리고 물 위에 떠 있는 붉은 낙엽들.

그 풍경 속에서 나는 오래전의 나를 떠올렸다. 늘 앞만 보며 달리던 젊은 날의 내 모습. 그 때는 아름다움을 '보려' 했고 지금은 그저 '머물고' 싶다. 머물 줄 알게 되니, 마음이 덜 다치고 더 깊어졌다.

일본 정원의 낙엽은 유난히 붉었다. 생명을 다하고 떨어졌지만 오히려 그 순간이 가장 아름다웠다. 나무를 살리기 위해 자신의 빛을 다 태워내는 마지막 봉헌처럼. 떨어짐은 끝이 아니라 순환이었다.

사라지는 순간에 비로소 빛나는 것이 있다.
인생도 그렇게 마지막이 가장 고운 때가 있다.

만국박람기념공원의 저녁 노을이 낙엽이 머물던 자리까지 따뜻하게 감싸주었다.

우에노 공원에서는 아이들이 연못가를 뛰어다니고 연인들이 벤치에 앉아 손을 잡고 있었다. 그들의 웃음소리가 잔잔한 바람처럼 들려왔다. 신주쿠 공원의 넓은 들판에서는 노부부가 나란히 도시락을 먹고 있었다. 그 평범한 장면이 유난히 따뜻하게 다가왔다. 아마도 나도 그 나이가 되어서야 비로소 '평범함이 얼마나 귀한 축복인지'를 이해하게 된 것 같다. 눈부신 순간은 많지 않았지만 잔잔했던 날들이 내 인생을 지탱해 수었다.

그때 문득 영화 〈월터의 상상은 현실이 된다〉의 한 장면이 떠올랐다. 사진작가 숀펜이 눈표범을 앞에 두고 셔터를 누르지 않으며 말하던 그 대사. "진짜 아름다운 순간은 방해하고 싶지 않아. 그저 그 자리에 있고 싶어." 그래, 나는 그저 그 자리에 있었다. 기억은 남기려 하면 흐릿해지고 가만히 두면 맑게 남는다. 나무 냄새, 낙엽의 바스락거림, 가을 햇살, 그 모든 것을 내 안에 조용히 담았다. 무라카미 하루키는 말했다. '여행할 때 나는 그 자리에서 녹음기가 되고 카메라가 된다.'고.

나도 이제 그런 여행을 해야 한다. 풍경을 소유하려 하지 않고 그저 내 안에 흘려보내면서. 그리고 언젠가 그 기억이 마음속에서 다시 피어오를 때 나는 그때의 나를 만나게 되겠지. 그 때의 나를 다독일 수 있다면 그것으로 충분하다. 가을의 일본은 나를 말없이 위로했다. 화려하지 않은 아름다움, 사라짐의 고요함, 그리고 살아 있음의 감사함. 그 모든 것이 그날의 공원에 있었다. 그리고 나는 그 풍경 속에서, 조금은 더 단단해졌다. 누군가는 '아직도 더 단단해질 게 남았냐'고 묻겠지만… 단단해지는 일은 멈추지 않는다. 부드러움 속에서 더 단단해지는 나를 본다.

도쿄는 내 여행 일정에 없던 도시였다. 복잡하고 번잡한 곳이라는 선입견이 있어서 굳이 마음이 가지 않았다. 헌데 이상하게도 도쿄를 다녀온 사람들의 이야기가 자꾸 귓가에 맴돌았다. 그래서 한 번쯤, 혼자 가보자는 마음이 들었다. 일본은 혼자 여행하기에 완벽한 나라니까.

2023년 가을, 혼자 도쿄로 향했다. 식당에도, 카페에도, 기차 좌석에도 '혼자' 앉을 자리가 있었다. 누군가의 시선을 의식하지 않아도 되고 오래 머문다고 눈치를 주는 이도 없다. 그런 점에서 일본의 공원은 특히 좋다. 도심 한가운데 있으면서도 세상의 소음을 잊게 해주고 무엇보다 마음의 무게를 덜어주는 곳이다.

우에노 공원에 처음 들어섰을 때, 은행잎 향에 취했다. 노랗게 물든 나무들이 하늘을 가리고 발끝엔 낙엽이 이불처럼 쌓여 있었다. 그 많은 은행나무가 한 곳에 이렇게 모여 있는 풍경은 처음이었다. 신기하게도 냄새는 나지 않았다. 그저 햇살과 바람, 노란 잎의 향기만이 공기 중을 가득 메웠다.

그 길을 걸으며 나는 오랜만에 아무 생각도 하지 않았다. 나무 아래에서는 누구나 이방인이 된다. 그 순간의 나는 아무 역할도, 이름도, 책임도 없는 존재였다. 단지 살아 있음 자체로 충분했다. 그 사실을 늦게야 알았지만, 늦지 않았다. 행복은 대단한 순간이 아니라 깨닫는 순간에 온다.

다음 날 찾은 신주쿠 공원은 또 다른 세상이었다. 이곳의 가을은 붉었다. 단풍나무들이 불타는 듯 물들어 있었고 그 사이를 산책하는 사람들은 하나같이 고요했다. 은행잎의 노란 세상이 '평온'이었다면 단풍의 붉은 세상은 '열정'이었다. 가을의 두 얼굴이 이렇게 공존할 수 있다는 것이 신비로웠다. 나는 나무를 바라보며 오래 서 있었다. 그들은 한결같이 제자리를 지키고 있었다. 비가 와도, 바람이 불어도, 인간이 가지를 자르거나 껍질을 벗겨내도 묵묵히 제 자리를 지킨다. 쉘 실버스타인의 『아낌없이 주는 나무』 속 나무처럼.

모든 것을 주고도 원망하지 않는 존재. 그것이 나무의 품격이라는 걸 새삼 느낀다. 베풀고도 말하지 않는 침묵. 나도 서서히 그 품격을 닮아가고 싶다. 문득 '나도 이제는 누군가의 그늘이 되어주고 싶다'는 마음이 커진다. 무언가를 가르치거나, 남기거나, 증명하기보다 그저 옆에서 조용히 머물러 주는 나무처럼.

돌아오는 길, 나는 나무들에게 마음속으로 인사했다. "고맙습니다. 덕분에 조금 더 따뜻해졌습니다." 그리고 다짐했다. 이제부터는 나무에 다가서지 않고 조금 떨어져 바라보겠다고. 그 거리가 바로 존중이라는 걸 나도 이제야 배운다. 사람 사이에도 그런 거리가 필요했다는 걸, 오래 돌아서야 이해했다.

신주쿠 공원의 붉은 단풍 아래에서 조용히 한 계절의 품격을 배운 순간.

나무들아, 바라건대

죽어서도 잿더미로 사라지지 말고

희나리처럼 오래도록 남아

세상의 불빛 아래서 부드럽게 타오르길.

나도 그렇게 한 줌의 따뜻함으로 남을 수 있을까.

누군가의 마음을 밝힌 적이 있었다면 그것이면 된다.

그날, 나는 도쿄의 한가운데 서 있었다.

7

살아지는 삶을 보다

: 동유럽 마을, 자연스럽게 흐르는 시간

삶이 무겁게 내려앉고 일상이 무채색으로 흐려질 때 나는 늘 조용한 일탈을 꿈꿨다. 익숙한 시간으로부터 벗어나 낯선 길 위에 서는 일. 걷고 머무르며 바라보는 순간들 속에서 마음은 다시 투명해지고 삶의 결은 부드러워졌다.

서유럽과 북유럽을 패키지로 둘러본 적도 있었지만 일정에 따라 움직이는 여행에서는 온전히 숨 쉴 틈이 부족했다. 반면 동유럽 여행은 자유로웠다. 스스로 길을 찾고 발길이 닿는 곳을 멈춰 보는 그 시간 속에서 피로는 풀리고 마음은 차분히 가라앉았다. 모든 장면과 만남이 나만의 속도로 스며들었다. 천천히 움직이니 비로소 내가 보였다. 서둘렀을 때는 놓쳤던 내 마음이 따라왔다.

동유럽의 여러 도시 가운데 특히 할슈타트, 프라하, 그리고 체스키크룸로프는 아직도 마음 안에서 빛난다. 체스키크룸로프는 큰 기대 없이 들렀던 곳이었다. 그러나 성에서 내려다본 마을의 모습, 작고 구불구불한 골목길에 이어진 소담한 가게들은 동화 속 세계 같았다. 화려한 간판이나 자극적인 광고가 없는 곳. 있는 그대로의 모습으로 여행자의 마음을 끌어당기는 풍경이었다. 과장되지 않아 더 깊었다. 조용히 다가오는 진심 앞에서 마음이 느리게 열렸다.

작은 가게들은 물건을 과장해 팔지 않았다. 진열된 소품들은 홍보가 아니라 삶의 흔적처럼 놓여 있었다. 주인의 손끝이 닿은 물건과 말없이 자리한 장식들은 그들의 일상을 보여주는 창처럼 느껴졌다. 물건을 판다기보다 삶을 나눈다는 느낌이었다. 누군가의 시간을 건네받는 순간, 작은 물건도 오래 남았다.

프라하의 작은 골목길 역시 그랬다. 어느 가게 앞에서 멈춘 순간, 그것이 인형극 소극장임을 알게 되었고 망설임 없이 표를 샀다. 체코가 마리오네트 인형극으로 유명하다는 이야기를 떠올리며 아이처럼 설레는 마음이었다. 비언어적 연출로 진행된 작품은 낯선 언어 너머의 감정을 충분히 전달했다. 그날의 '돈 조반니'는 내 여행 중 가장 조용하고 깊은 순간으로 남았다. 말이 없어도 알 수 있는 마음이 있다. 그날의 무대는 내 안의 오래된 문을 가만히 열어주었다.

체코는 한때 제국의 수도였지만 전쟁과 지배의 시간을 거친 나라다. 그 역사 속에서 인형극은 민중의 저항과 풍자를 담아왔고 지금은 세계문화유산으로 이어진다. 한 나라의 아픔과 정신이 예술 속에서 견고해지는 장면을 마주한 셈이다. 고통을 품고도 아름다움으로 건너간 마음들. 그들의 시간이 내 안으로 천천히 스며들었다.

프라하에서 이틀, 체스키크룸로프에서 하루를 보낸 뒤 우리는 할슈타트로 향했다. 최근 이 작은 마을의 주민들이 지나친 관광 열기로 피곤함을 호소한다는 소식을 들었지만 여행자로 머문 그 하루는 여전히 소중하다. 호수는 깊은 숨을 고르듯 고요했고 백조가 물 위를 미끄러지듯 지나갔으며 집집마다 놓인 화분과 작은 간판들은 정성스러운 손길이 만든 작은 예술 작품이었다. 통일된 풍경 대신 각자의 색채로 서 있는 집들. 꽃과 나무로 꾸며진 창가. 그곳은 누군가가 애정을 담아 살아낸 자리였다.

살아낸 자리에는 온기가 남는다.

손길이 쌓인 풍경은 거짓이 없다.

그 마을의 고요와 손길이 스며 있는 풍경이었다.

나는 소금과 비누, 나무 인형, 모자를 샀다. 사진을 찍고 물건을 만져도 주인들은 불편한 기색 없이 웃었다. 여행자를 향한 배려가 자연스러웠다. 그 순간 문득 우리의 도시가 떠올랐다. 계절마다 가격이 오르고 자극하며 누구나 바쁜 속도로 움직인다. 여유보다 효율이 중요해지는 세상. 그래서일까, 그곳의 느림과 정직함은 유독 따뜻했다. 빠름 속에서 잃었던 마음의 결이 그곳에서 다시 고요히 다듬어졌다.

유럽의 오래된 마을들은 시간에게서 배운 감각이 있다. 빠르게 바꾸지 않고 오래된 것을 돌본다. 그 속에서 사람들은 공간을 사랑하며 살아간다. 사랑은 오래 보고 천천히 돌보는 일이었다. 세월이 가르쳐준 방식이었다. 그것은 장식이 아니라 삶의 방식이다.

컬러풀한 다양한 상점들의 거리를 거닐다.

물론 내가 머문 시간은 길지 않았다. 그러나 짧은 순간에도 느껴진 감각이 있었다. 전쟁과 권력 다툼, 거대한 역사 속에서 삶을 시켜온 사림들이 만들어 낸 태도. 소박함 속의 깊이, 일상에 스며든 예술성. 그것은 단순한 취향이 아니라 살아남으며 배우게 된 정신일지 모른다. 상처를 지나온 마음은 더 부드러워진다. 강함은 조용함 속에 있었나. 그들은 인다. 삶을 아름답게 만드는 데 돈이 선부가 아니라는 것을. 미 음과 시간이 그 자리를 대신할 수 있다는 것을. 세계를 주체적으로 바라보는 시선, 여유를 누리는 용기, 현실을 그대로 받아들이는 힘. 나는 그 태도를 배우고 싶다.

동유럽의 작은 마을들을 떠올릴 때마다 새삼 느낀다. 여행이란 타인의 일상 속에서 예술을 보고 내 삶의 결을 다시 고르게 만드는 일이라는 것을.

나는 그곳에서 너무도 자연스럽게

살아지는 삶을 보았다.

삶이란 잘 사는 것보다

편안히 살아지는 순간을 찾는 일이다.

그리고 조용히 다짐했다.

나도 이렇게 살아보고 싶다고.

사람

'사람'과 '사랑', 글자는 참 비슷해… 그치?

다른 건 '사람'의 받침은 네모,

'사랑'의 받침은 동그라미지.

아마도 사람은 처음엔 모두 모난 존재일 거야.

자기만의 생각, 신념, 판단, 옳고 그름의 틀로

세상을 재단하고 사람을 가르는.

그 네모진 마음이 세상을 버티게도 하지만

때로는 누군가를 베어 다치게도 하지.

다행히 세월이 그 네모를 조금씩

깎아주니 얼마나 다행인지 몰라.

부딪히고, 부서지고, 부드러워지며

모서리는 둥글게 닳아 가니까.

오랜 세월이 지나

내로 인해 상처받았을 이들의 마음을 비로소 헤아리게 될 때,

그제야 '사람'은 '사랑'이 되는 것이 아닐까 생각해 본다.

-친구가 보낸 글

Chapter 2

사
람

나에게 속한 모든 원자는 너에게도 속한다.

나는 나를 기리고, 나를 노래한다.

내가 받아들이는 것을, 너도 받아들이리라.

- 월트 휘트먼 -

8

문명의 흔적과 아이의
눈빛 사이에서

:캄보디아, 찬란함과 가난이 공존하는 땅

토요일 심야마다 쏟아지던 광고들 중에서 내 마음을 움직인 건, '1+1 패키지'였다. 일상용품에나 붙던 문구가 여행 상품에도 쓰이다니, 그 단어 하나가 나를 움직였다. 그러나 '싼 게 비지떡'이라는 말은 결국 틀리지 않았다. 기대감으로 가득 찬 출발이었지만 씨엠립 공항에 도착하자마자 그 기대는 무너졌다. 낯선 땅에 서자 마음속 기대가 조용히 주저앉았다. 여행은 때로 낭만보다 현실을 먼저 보여준다.

공항은 어수선했고 직원들의 표정은 차가웠다. 줄지어 선 관광객들 사이에선 달러를 건네야 통과가 빠르다는 말이 오갔다. 관광으로 먹고사는 나라가 여행자들에게 이렇게 불친절할 수 있을까. 2014년, 그때의 캄보디아는 여전히 가난했고 제도보다 관행이 먼저였다. 지금은 신공항이 생겼다지만 나라의 태도까지 바뀌었을지는 알 수 없다. 겉모습이 달라져도 마음이 변하지 않으면 풍경도 무색하다.

다음 날부터 앙코르 유적을 둘러보았다. 사진으로만 보던 유적은 장엄했지만 그 주변의 현실은 고단했다. 먼지와 열기, 사람들의 눈빛. 과거의 찬란한 문명과 현재의 척박한 일상이 극명하게 대비돼 있었다. 시간은 증거를 남겼지만 사람의 상처는 그대로 남아 있었다.

왓트마이 사원은 그 대비의 극점이었다. 사원 한쪽에는 학살로 스러진 이들의 해골이 유리 진열장 안에 보관되어 있었다. 크메르루즈의 폭정 아래 스러진 수백만의 생명들. 그 잔혹함은 폴포트 개인의 광기만으로 설명되지 않았다. 권력 앞에서 인간이 얼마나 잔인해질 수 있는가, 그 질문이 내 마음속에서 떠나지 않았다. 사람이 만든 비극 앞에서 대답은 남아 있는 이들의 몫이었다.

영화 '킬링필드'를 보며 느꼈던 비극이 그곳의 더운 공기 속에서 다시 살아났다. 찬란했던 문명도, 신의 이름을 빌린 이념도 결국 사람의 피 위에 세워질 수밖에 없었던 역사의 비애였다. 식당 앞에 전세버스가 멈춰 섰을 때, 나는 여행의 피로보다 먼저 눈앞의 광경에 숨이 멎었다.

시간은 증거를 남겼지만 사람의 상처는 그대로 남아 있었다.

다섯 살쯤 되어 보이는 남자아이가 갓난아기를 품에 안은 채 서 있었다. 무표정한 얼굴, 까맣게 그을린 팔, 그리고 바닥에 닿지 못한 작은 발.

가이드가 미리 일렀다. 아이들이 다가와 구걸을 하거나 물건을 팔면 모른 척하라고. 하지만 그 순간 도저히 모른 척할 수가 없었다. 손에 쥔 1달러를 건네며 등을 돌렸지만 아이의 눈빛이 내 등을 오래 붙잡았다. 가난이 죄가 아닌데 세상은 왜 그 아이에게 벌을 주는가. 세상은 약한 이에게 상처를 준다. 그 사실이 오래 마음을 무겁게 눌렀다. 필리핀에서도 아이들이 팔찌와 꽃을 팔며 웃어 보이곤 했다. "아주~엄마, 예뻐요." 서툰 한국말로 말을 건네던 그 아이들은 적어도 눈에 생기가 있었다. 그러나 캄보디아의 아이는 달랐다. 웃음이 없었다. 감정이 사라진 얼굴. 너무 일찍 세상을 배운 얼굴이었다. 영화 〈라이온〉의 소년처럼 〈천국의 아이들〉의 남매처럼 어떤 아이들은 가난 속에서도 눈부신 순수함으로 삶을 견디며 아름답게 성장한다. 그러나 이 아이에게선 그 가능성조차 보이지 않았다. 그저 생존이 전부인 얼굴이었다. 희망이 사라진 눈빛 앞에서 나는 아무 말도 할 수 없었다. 그저 미안했다. 그날 이후 나는 '가난'이라는 단어를 함부로 쓰지 못하게 되었다. 내 유년의 가난은 결핍이었지만 그 속에는 여전히 사랑이 있었다. 1960년대, 우리 모두는 가난했지만 서로를 착취하지는 않았다. 어머니는 암모니아 냄새가 진동하던 미용실에서 파마액을 박카스 병에 담으며 평생을 버텼다. 나를 부르지 않고 혼자 감당하셨던 그 세월이 이제야 마음 깊이 와닿는다. 그때 어머니의 가난은 부끄러움이 아니라 존엄이었다. 사랑이 있는 가난은 견딜 수 있지만 사랑마저 빼앗긴 가난은 잔혹했다. 그러나 그 아이의 얼굴이 그랬다.

1960년대의 캄보디아는 한국보다 부유한 나라였다. 전쟁의 잿더미 속에서 허덕이던 한국에 쌀을 원조하던 나라, 크메르 제국의 영광을 품은 땅. 그러나 찬란한 문명과 위대한 역사를 가졌어도 오늘, 아이들이 길거리에서 구걸해야 하는 나라라면 그 문명은 이미 무너진 것이다. 무너진 것은 건물이나 제도가 아니라 사람의 마음이었다. 우리도 가난했다. 6·25 이후의 한국은 절망의 폐허였다. 미군 부대의 잔반으로 끼니를 때우고 밀가루로 수제비를 만들어 먹으며 하루를 버텼다. 하지만 아무리 가난해도 부모는 자식을 거리로 내몰지 않았다. 그 가난 속에도 사랑이 있었고 그 사랑이 결국 이 나라를 일으켜 세웠다. 우리의 기적은 눈물과 노동의 역사였다. 이름 없이 흘린 손들의 기도였다. 기적은 어머니들의 희생 위에서 만들어진 것이다.

세월이 흘러 그 아기가 자라 지금은 학교에 다니고 있을까. 언젠가 다시 그 땅을 찾았을 때 그들의 눈빛이 조금이라도 밝아져 있기를. 더 이상 생존이 아닌 삶을 배우며 자라기를. 아이들이 더 이상 운명이 아니라 내일을 이야기할 수 있는 세상이 되기를 바란다.

미소 짓는 돌의 얼굴들, 그들은 무엇을 보았을까.

9

젊은 그녀와 늙은 나,
그 사이의 시간

:삿포로의 청명한 하늘 아래

방전된 삶도 배터리로 충전할 수 있으면 얼마나 좋을까.

일본은 한 번도 가지 않은 사람은 있어도 한 번만 간 사람은 드물다. 묘한 끌림이 있다. 내가 처음 일본을 여행한 곳은 규슈의 유후인이다. 가족과 함께였고 그때가 서른여덟 즈음이었다. 그 시절까지 일본은 내게 선입견의 나라였다. 임진왜란과 정유재란, 구한말의 식민 지배는 내 마음 깊숙이 남아 있었다. 일본은 야쿠자와 파친코, 이지메, 진주만 공격과 태평양 전쟁 같은 어두운 이미지로만 각인된 나라였다. 하지만 은퇴 후 일본을 자주 여행하면서 그 생각이 조금씩 바뀌기 시작했다. 시간이 지나니 나라보다 사람이 먼저 보였다. 마음이 넓어지면 세계도 조금 달라진다.

일본인들은 고양이 같다. 고양이는 자신의 영역을 벗어나지 않듯, 일본인들도 타인에게

불필요한 간섭을 하지 않는다. 그런 점이 오히려 편안했다. 다만 한국은 개천에서 용이 난다고 하지만 일본은 가문과 계급의 그림자 속에서 산다. 신분을 바꾸려 하기보다 주어진 틀 안에서 자신을 다듬는 데 익숙한 사람들이다.

이번 여행지는 홋카이도의 삿포로였다. 4박 5일의 자유여행 중 하루는 비에이와 후라노를 도는 투어를 신청했다. 일행은 우리 부부와 젊은 한국인 여성 한 명, 이렇게 셋뿐이었다. 그녀는 스물여덟쯤 되어 보였다. 밝고 외향적인 성격 덕분에 금세 친해졌다. 직장 생활을 하다 사표를 내고 마음을 추스르기 위해 혼자 일본에 왔다고 했다. 웃음 뒤에 스며 있는 그녀의 피로가 느껴졌다. 가벼운 웃음 안에 눌린 마음을 나는 알아보았다. 한때 내 안에도 있었던 무게였다. 비에이는 드넓은 평야에 길과 나무가 만들어내는 풍경, '패치워크의 길', '청의 호수', '흰 수염 폭포'. 사진으로 볼 때는 황홀했지만 실제로는 그보다 담담했다. 그러나 그 고요함이 좋았다. 넓은 평야 한가운데 외로이 서 있는 '캔과 메리의 나무', '세븐스타 나무'. 광고의 배경으로 유명해진 그 나무들은 희소성 덕에 존재 자체가 예술이었다. 그것을 발견한 사진가의 시선, 한순간에 감각을 포착한 카피라이터의 통찰. 모두 시간의 농도가 빚어낸 결과였다.

그 나무들을 바라보며 생각했다.

우리 삶도 어쩌면 저 나무처럼 외로움 속에서 빛을 얻는 존재가 아닐까.

외로운 시절이었기에 견딜 힘이 자랐다.

빛은 늘 고요한 곳에서 시작된다.

푸른 물빛 속에 스며든 고요, 청의 호수

다음은 청의 호수였다. 이름 그대로 푸른빛이 감도는 신비로운 물빛이었다. 물속의 자작나무와 낙엽송이 그림처럼 잠겨 있었다. 물에 함유된 수산화알루미늄 때문에 청록색을 띤다고 한다. 일본은 자연을 지키면서도 상품화하는 능력이 탁월하다. 우리는 그 세련된 상술을 부러워하며 배우게 된다.

후라노의 '팜 도미타'에서는 라벤더 대신 다른 꽃들이 만개해 있었다. 계절은 9월, 라벤더는 지고 없었지만 멀리서 보면 여전히 아름다웠다. 때를 지나 피지 않아도 제 모습을 잃지 않으면 그것으로 충분했다. 라벤더 향이 스며든 아이스크림이 입안에서 부드럽게 녹았다. 일본은 유제품이 특히 뛰어나다. 나가사키의 짬뽕, 아오모리의 사과, 마쓰야마의 귤. 지역마다 특산품과 브랜드를 만들어내는 능력도 탁월하다. 투어를 마치고 우리는 그녀와 작별했다. 딸과 비슷한 나이라서 더 정이 갔다. 귀국 후 일본에 태풍이 닥쳤다는 뉴스를 들었다. 하루만 늦었어도 발이 묶일 뻔했다. 문득 그녀 생각이 났다. 얼마나 힘들었으면 회사를 그만뒀을까.

비에이 풍경에 할 말을 잃었다.

그래도 그녀는 내 또래였던 그 시절의 나보다 나은 환경 속에서 살고 있는 듯했다.

나는 스물여덟에 이미 결혼해 아이 둘을 두고 교편을 잡고 있었다. 고향 제주를 떠나 경기도로 와 낯선 땅에서 외로움과 싸워야 했다. 같은 고향 출신의 남편을 만나 결혼했지만 주말 부부였다. 그리던 중 임신을 하면서 몸과 마음이 지쳐갔다. 어느 날 퇴근길에 짜장면이 먹고 싶어 시내까지 나갔다. 먹고 돌아오는 길, 갑자기 구역질이 났다. 전봇대에 기대어 게워내며 눈물이 났다. 축복받아야 할 첫 임신이었지만 축복 대신 가로등 불빛이 내 눈물을 비추고 있었다. 그 밤에 누구 하나 손을 잡아준 사람은 없었지만 그때 나는 무너지지 않았다. 그때가 스물여덟이었다. 삿포로에서 만난 그녀와 같은 나이. 직장을 쉬는 건 상상할 수도 없었고 해외여행은 사치였다. 대학 시절의 어느 새벽, 버스비가 없어 새벽 거리를 걷던 때 내게 위로가 되어준 시가 있었다.

정현종 〈시인의 새벽의 피〉다. 그 시를 읽으며 눈물 삼켰던 새벽이 아직도 생생하다. 시인이 묘사한 새벽은 차고 맑았지만 내 새벽은 춥고 고독했다. 그 외로움 속에서 나는 조금씩 단단해졌다. 눈물이 나를 약하게 만들지 않았다. 오히려 울 수 있다는 사실이 나를 살렸다. 삿포로의 청명한 하늘 아래 그 젊은 여인의 표정이 문득 떠오른다. 그녀 속에 젊은 날의 내가 있었고 내 안에 그때 보지 못한 그녀의 내일이 비쳤다. 지금쯤 그녀는 활력을 되찾았을까. 가정을 꾸렸을까. 아니면 여전히 삶의 무게를 버텨내고 있을까.

알 수 없지만 분명한 건 누구의 인생이든

결국 자신이 감당해야 한다는 사실이다.

누구도 대신 걸어주지 않는다.

그러나 우리 마음은 그렇게 혼자 자라나는 법을 배운다.

삶은 각자의 책임 위에 서 있는 고요한 여정이다.

10

김치 냄새와
손자 사진 사이

:튀르키예 패키지, 시끄러운 사랑과 고요한 여행

2013년, 부부 동반으로 튀르키예를 여행했다. 서른다섯 명이 함께하는 패키지였다. 인천 공항에서부터 분주하게 뛰어오는 사람들. 그때부터 불길한 예감이 스쳤다. '이번 여행은 조용하지 않겠구나.'

나이 들수록 고요를 찾게 되지만 삶은 아직도 이렇게 소란스러운 얼굴을 보여준다. 예감은 틀리지 않았다. 버스에 오르자마자 한 여인의 전화가 터졌다. "그래, 아이고 내 새끼, 할머니 여행 갔다 와서 맛있는 거 많이 사줄게." 그녀의 밝은 목소리는 버스 안 가득 울려 퍼졌다. 웃음과 떠들썩한 대화가 끊이지 않았다. 처음엔 미소가 났다. 환갑을 맞아 가족과 여행을 떠나는 즐거움이려니 했다. 그러나 그 소리가 매일, 버스에 오를 때마다 반복되자 점점 피로가 밀려왔다. 시끄러움은 소리 때문이 아니라 마음에 잠시 쉬어갈 자리가 없어서였다. 알랭 드 보통은 '여행 중 정신이 텅 비면 의식은 창밖의 풍경에 달라붙는다'고 했다.

침묵이 필요했던 풍경, 튀르키예

　나에게도 그 고요함이 필요했다. 차창 밖을 바라보며 멍하니 사유하고 싶었다. 그러나 그녀의 전화는 그 사색의 문을 열어주지 않았다. 한 사람의 그리움이, 다른 이의 침묵을 덮을 때가 있다. 그녀는 손자를 향한 그리움을 숨기지 못했다. 아들은 결혼했고 어렵게 아이를 얻었다. 아기는 한두 살쯤. 며느리는 함께 오지 못했다. 그래서 그녀는 매번 손자 얘기를 하며 며느리에게 전화를 걸었다. 나는 그녀의 사연을 짐작하며 이해하려 했다. 그러나 그 이해가 공감으로 이어지기엔 그녀의 세계는 너무 시끄러웠다. 인생을 견디는 방식은 각자 다르다. 다만 그 방식이 누군가의 평온을 잃게 하지 않기를 바랄 뿐이다. 식당에서도 그들의 열정은 계속됐다. 김치와 밑반찬을 꺼내 놓고 다른 일행에게도 나눠준다. 김치 냄새가 외국 식당 안으로 번질 때마다 나는 얼굴이 달아올랐다. 여행지에서도 익숙한 것을 놓지 못하는 모습. 그것이 어쩐지 안쓰럽게 느껴졌다. 낯선 곳에서도 익숙함을 움켜쥐는 모습 속엔, 놓아보지 못한 마음의 무게가 숨어 있었다. 나였다면 여행을 떠나면 잊겠다. '무소식이 희소식이다' 생각하며 마음을 비우겠다. 손자가 보고 싶어도 참겠다. 그러나 어쩌겠는가. 우리는 한국 엄마들인 것을. 자식 사랑에 집착하고 집착 속에서 나를 잊으며 산지 오랜. 자식이 크면 손자에게로 마음이 옮겨가고 휴대폰 속은 손주 사진으로 가득 채우는 우리다. 사랑이라는 이름으로 평생을 바치며 정작 자기 자신을 제일 마지막에 놓아두었던 세대. 황창연 신부는 강연에서 말했다. "한국 어머니들은 다 자식에 미쳐 있어요. 매일 자식 전화만 기다리지 말고 여행 가세요. 잡혀 있던 집을 벗어나세요. 이제는 자식 생각 말고 자신을 생각하세요."

그 말을 들은 어머니들이 웃으며 고개를 끄덕인다. 그러나 웃음 뒤에는 오래된 습관처럼 남은 익숙한 그리움이 있다. 이제는 자식이 아닌, 나를 위한 자리를 마음 안에 하나 마련해야 할 때다. 다행히 그날의 할머니 일행은 내게 확실한 교훈을 남겼다. 자식 사랑이 깊을수록, 세상은 점점 좁아진다!

사랑은 품을 넓히는 힘이기도 하고

우리를 가두는 울타리이기도 하다.

선택은 늘 마음의 쪽이다.

사랑이 집착으로 변하지 않게 익숙한 것과의 결별을 배우는 것.

그것이 나이 든다는 것의 다른 이름일지도 모른다.

이런 귀중한 교훈을 얻고

나는 그 여행 이후 자유여행을 택했다.

누구를 따라 걷기보다 내 발로 길을 찾고 싶었다.

나이 들수록, 자유는 더 천천히 찾아오는 법이다.

동화는
해피엔딩이 아니다

: 코펜하겐, 안데르센이 남긴 슬픔

유럽을 사람에 비유하면 서유럽은 이삼십 대의 정열적인 여인, 동유럽은 고혹하고 상처를 지닌 중세의 여인, 북유럽은 세월의 강을 건너 거울 앞에 선 원숙한 여인 같다. 화려하지 않지만 단단하고 깊다. 북유럽은 외유내강의 나라다. 겉은 고요하지만 그 안에는 오래 싸워 얻은 평화가 숨어 있다. 복지와 평등이 생활 속에 스며 있어 사람들의 표정에는 여유가 묻어난다.

첫 일정은 코펜하겐의 인어공주 동상이었다. 루브르의 모나리자처럼 이곳의 인어공주 앞에서도 인내가 필요했다. 기다림은 풍경보다 나를 보게 하는 시간이었다. 줄을 서서 기다리며 새삼 깨닫는다. 여행은 '참을 忍' 자를 품는 일이다. 유명한 장소일수록 기다림이 길고 기다림의 끝에 기대보다 작은 풍경이 있을 때도 있다. 인어공주 동상 역시 생각보다 작았다.

그러나 사람들은 그 작은 조각 앞에서 감탄한다. 크기보다 이야기가 사람을 움직이기 때문이다. 작품의 힘은 스토리텔링에 있다. 이야기가 존재를 확장시키고 시간을 넘어 생명을 부여한다. 사람도 그렇다. 이야기 하나 품지 못하면 결국 잊힌다.

안데르센의 삶은 그 이야기의 또 다른 얼굴이다. 그는 가난했고 정규 교육도 받지 못했으며 사랑은 언제나 실패로 끝났다. 세상은 그를 '동화 작가'로 기억하지만 그는 배우를 꿈꿨고 아이들을 좋아하지도 않았다. 죽기 전 시민들이 그를 기념해 아이들과 함께 있는 동상을 만들자고 했을 때 그는 말했다. "아이들은 내 곁에 두지 말아 주세요."

사람들은 그 말에 놀랐지만 그 안엔 슬픔이 있었다. 세상은 그를 순수한 동화 작가로만 보았지만 그는 누구보다도 복잡하고 고독한 인간이었다. 고독은 때로 재능보다 깊은 작품을 만든다. 그의 전기를 쓴 재키 울슐라거는 말했다. "안데르센은 평생 아웃사이더였다. 비천한 출신, 성적 정체성, 외로움 속에서 자신과 싸웠다." 그는 사랑받고 싶었으나 늘 거절당했다. 결국 자신이 겪은 결핍과 고통을 동화 속 인물들로 치환했다. 인어공주는 바로 그의 분신이었다. 목소리를 잃고 사랑을 위해 스스로를 버린 이. 결국 바다의 거품이 되어 사라지는 그 결말은 사랑받지 못한 작가의 내면을 그대로 비춘다. 아이러니하게도 그의 이름을 세계에 알린 것은 디즈니다. 1989년 〈인어공주〉 애니메이션의 성공으로 디즈니는 파산 위기에서 벗어났고 덴마크도 그 덕에 세계인의 관광지가 되었다. 인어공주는 작가를 살리고 회사를 살리고 나라를 살린 셈이다. 사람이 잃은 것들은 결국 이야기로 되돌아온다.

어릴 적 인어공주를 읽으며 이유 모를 슬픔을 느꼈다. 사랑을 위해 목소리를 잃고 결국 사라지는 그 소녀에게서 알 수 없는 허무를 배웠다. 동화는 언제나 '왕자와 공주는 행복하게 살았습니다'로 끝나지만 인어공주는 달랐다.

크기보다 이야기가 사람을 움직인다. 코펜하겐의 인어공주

사랑이 꼭 결말이어야 하는가,

행복이 늘 구원이어야 하는가.

어린 마음에도 그 질문이 남았다.

슬픔으로 쓴 이야기가 세상을 구할 수도 있다.

나도 어리고, 젊었을 때,

'백마 탄 왕자'를 기다리던 시절이 있었다.

그러나 세월이 흐르고 사춘기를 지나며 깨달았다.

왕자는 오지 않는다.

사랑은 동화가 아니고 삶은 결말이 없는 이야기다.

그래서 사랑은 선택이고 삶은 계속되는 답장이다.

행복이 약속이 아니라 의문으로 남을 때 우리는 비로소 어른이 된다.

어른이 된 지금, 이제 나는 동화를 환상의 이야기가 아니라

어른이 된 후에도 잊지 말아야 할 감정의 원형으로 느낀다.

생틱쥐페리는 말했다. "모든 어른은 한때 어린이였다. 그러나 그걸 기억하는 어른은 드물다."라고. 우리는 마음속 어린아이를 잊을 때 처음 늙는다. 안네르센은 160편이 넘는 동화를 남겼다. 그러나 그는 단 한 번도 사랑을 이루지 못했다. 어쩌면 그가 만든 수많은 소녀들은, 이루지 못한 사랑을 대신 살아낸 그의 그림자였을 것이다. 하지만 그의 고통은 세계인의 이야기로 승화되었다. 그래서 지금 그는 지하에서가 아니라 사람들의 마음속에서 여전히 살아 있다. '여행은 내 인생을 젊게 하는 샘물이다.' 그가 한 말이다.

코펜하겐의 인어공주 동상에서 뉘하운 항구로 향했다. 부두를 따라 늘어선 파스텔빛 건물들, 잔잔한 수면 위로 부서지는 햇살, 웃음 짓는 사람들. 그 장면이 오래도록 눈에 남았다. 안데르센이 노년을 보낸 곳. 덴마크의 공기는 따뜻했다. 사람들은 조용했고 도시는 차분했다. 그 여유로움은 이방인이 흉내 낼 수 없는 품격이었다. 아픔을 지나온 사람만이 가질 수 있는 침묵이었다. 그의 고독이 만든 나라, 그 나라의 평온이 내 마음 한가운데 오래 머물렀다.

이제 안다.

진짜 동화는 해피엔딩이 아니라

잊히지 않는 이야기다.

뉘하운의 파스텔빛 건물들, 잔잔한 수면 위로 부서지는 햇살, 코펜하겐

12

황금빛 감옥에서
이름을 잃은 여자들

: 쇤브룬 궁전, 가장 아름다운 새장

할슈타트의 고요한 호수를 떠나 비엔나로 향했다. 네 시간쯤 달려 도착한 도시에서 몸이 풀리자 여독이 밀려왔다. 딸은 구스타프 클림트의 〈키스〉를 보기 위해 벨베데레 미술관으로 갔다. 나는 피곤함을 이유로 호텔에 남았다. 지금 생각하면 후회스럽다. 그 그림은 단 한 번도 외부로 대여된 적 없는 오직 그곳에서만 볼 수 있는 작품이었다. 그날 밤, 잠들지 못한 나는 영화 〈우먼 인 골드〉를 떠올렸다. 클림트의 그림 [아델 블로흐 바우어 부인의 초상]을 되찾기 위해 조카가 8년 동안 싸웠던 실화. 결국 그녀는 이겼고 그림은 미국의 '노이에 갤러리'로 옮겨졌다. 오스트리아 사람들에게는 뼈아픈 일이지만 한 인간의 기억과 신념이 예술을 되찾은 이야기로 남았다.

호텔은 평범했다. 그러나 도시 중심에 있어 편했고 1층 야외 쉼터에는 오후의 바람이 불었다 나는 혼자 거리를 걷기 시작했다. 비엔나의 공기는 메마르고 바람은 차가웠다. 클래식의 도시, 제국의 수도였던 이곳은 영광을 간직한 채 쇠락의 그림자를 품고 있었다. 그 고요함 속에서 나는 이 도시가 품은 지난 역사를 느꼈다.

다음 날, 우리는 쉔브룬 궁전으로 향했다. 역에서 내리자마자 황후 엘리자벳—'시씨'의 초상화가 새겨진 깃발과 입간판이 눈에 들어왔다. 궁전 입구부터 정원은 끝이 보이지 않을 만큼 넓었다. 샛노란 궁전의 벽, 늘어선 기둥과 긴 창문들, 그 속에 숨은 세월의 무게. 안으로 들어서자 금빛 장식과 정교한 가구들이 황금빛으로 반짝였다. 찬란함은 늘 사람의 외로움을 가리고 있었다. 그 화려함 속에서 나는 잠시 숨이 막혔다. 이토록 찬란한 공간에서 하루라도 살아보고 싶다는 생각이 스쳤다. 이 궁전에서도 시씨는 행복하지 않았다. 가장 아름다운 자리가 때로 가장 숨 막히는 곳이 된다. 그녀는 "나는 새장 안의 새일 뿐"이라 말했다. 누구보다 아름답고 사랑받던 여인이었지만 그 사랑은 자유를 빼앗았다. 찬란한 왕궁 속에서 그는 점점 말라갔고 결국 그곳을 떠났다. 화려한 곳에서 산다고 화려한 인생을 사는 것은 아니다. 오히려 눈부신 공간일수록 마음의 어둠은 더 짙어진다. 사람은 빛 속에서도 목이 마를 수 있다.

쉔브룬 궁에서 신혼 시절을 보냈던 황후 엘리자벳 시씨는 자신을 '새장 안의 새'라 불렀다. 찬란한 권력 속에서도 그는 숨을 쉬지 못했다. 입센의 『인형의 집』속 노라처럼, 시씨도 결국 인형의 세상을 박차고 나왔다. 화려한 궁전이 감옥이 되고 사랑이 굴레가 된 여자들. 세상이 준 왕관은 때로 가장 무거운 사슬이었다. 그들의 탈출은 슬픈 이야기로 끝난다. 조선의 왕비들도 그랬다. 간택될 때의 나이 고작 십 대 초반. 오늘날이라면 친구와 떡볶이를 먹을 나이에 그들은 권력의 눈치를 보며 살아야 했다. 다큐 〈건국전쟁〉 속 이승만의 말이 떠오른다. "세상에서 제일 불쌍한 게 조선의 계집아이다." 시대가 달라져도 여자의 운명은 여전히 가시밭길이었다. 시씨는 황실의 답답한 삶을 견디지 못하고 여행을 떠났다. 자유를 찾아 나선 그녀는 결국 제네바에서 무정부주의자의 칼끝에 생을 마감했다. 인형의 집을 떠난 노라의 이후가 알려지지 않은 것처럼 시씨의 끝도 쓸쓸했다.

황선미의『마당을 나온 암탉』속 잎싹이 자신이 키운 청둥오리를 지키다 죽음을 맞이하듯, 자유를 얻은 여성들의 결말은 어쩐지 비슷하다.

가장 아름다운 자리가 때로 가장 숨 막히는 곳이 된다. 샛노란 벽 너머, 시씨가 떠나고 싶었던 곳.

새장이든, 인형의 집이든, 마당이든.

여성들은 언제나 탈출을 꿈꾼다.

그러나 탈출 후에도 그들을 묶는 또 하나의 감옥이 있다.

마음의 감옥, 자책이다.

모성의 이름으로, 책임의 이름으로 스스로를 묶는다.

쇤브룬 궁전 내부, 시씨가 숨 막혀 했던 공간.

결혼은 여전히 남자에게는 수단이고 여자에게는 숙명이다. 그 불균형은 시대가 달라져도 여전하다. 결국 부부라는 관계는 서로를 비추지만 완전히 닿지 못하는 뫼비우스의 띠일지 모른다. '부부 싸움은 칼로 물 베기'라 했지만 이제는 '칼로 무 베기'가 더 현실적인 말처럼 들린다.

시씨가 황궁을 떠난 이유 중 하나는 고부 갈등이었다. 세상 어디나 그 불화의 고리는 빈복된다. 나 또한 객지에서 결혼해 시집살이를 하지 않았지만 명절마다 시댁을 마주할 때면 마음이 작아졌다. 마음은 늘 자리 없이 앉아 있었다. 시부모님은 내 이름을 불러주신 적이 없다. 나는 언제나 '누구의 아내', '누구의 어머니'였다. 이름이 사라진 자리엔 관계만 남았다. 사람이 사라지고 역할만 남을 때 존재는 천천히 흐려진다.

이름을 부른다는 건 존재를 인정한다는 뜻이다. 그러나 한국의 언어 속에서 여성의 이름은 늘 지워진다. 며느리는 '며늘(기생하다)+아이'에서 왔다는 해석이 있다. 아들의 아내로 딸려 온 존재라는 뜻이다. 그 말의 뿌리부터 슬프다. 우리는 여전히 '며늘 아가', '어멈아'라 부른다. 이름보다 관계가 앞서는 문화 속에서 여자는 늘 타인의 그림자다. 언어 속 차별은 우리 일상에도 남아 있다. 말이 바뀌지 않으면 마음도 바뀌지 않는다. 과부, 미망인, 집사람, 고명딸. 여자를 부르는 말에는 언제나 누군가의 존재가 덧붙는다. 나이와 함께 이름이 바뀌는 것도 그렇다. 아가씨, 아줌마, 할머니. 그러나 그 어느 이름에도 온전한 존중이 없다.

나는 그 경계에서 흔들린다. 아직은 '할머니'라 불리고 싶지 않고 '아줌마'라 불리는 것도 낯설다. 그냥 나로 남고 싶다. 결혼하기 전엔 족보에 이름이 없었고 결혼 후엔 아들만 족보에 오른다. 나는 어디에도 속하지 않은 투명한 존재가 되었다. 투명함은 사라짐이 아니라 아직 이름을 부르지 못한 상태일지도 모른다. 문서상으로는 친정에도, 시댁에도 존재하지 않는다.

남성 중심의 사회가 만들어 낸 무형의 그림자 속에서 여자는 여전히 투명인간으로 살아간다.

　쉰브룬 궁은 사실 마리아 테레지아 여제가 만든 궁전이다. 그러나 사람들은 시씨의 궁으로 기억한다. 오스트리아인들은 그녀를 여전히 사랑하고 그녀의 이름을 딴 역과 동상이 도시 곳곳에 있다. 프랑스의 마리 앙투아네트가 조롱의 상징으로 남은 것과 대조적이다. 14살의 어린 소녀로 타국에 시집온 마리 앙투아네트를 떠올리면 두 여인의 삶이 겹쳐진다. 역사는 왕관을 기억하지만 눈물의 무게는 쉽게 말하지 않는다.

　유럽의 궁전을 여행하다 보면 그 화려함 뒤에 숨은 여성들의 이야기가 떠오른다. 수백 년의 시간을 지나며 남은 것은 건물의 아름다움이 아니라 그 속에서 울었던 사람들의 흔적이다. 나는 그저 잠시 들렀다 가는 이방인이지만 시씨의 그림자 앞에서 오래 머물렀다. 누군가의 상처 앞에서 멈춘 시간은 우리의 것이 된다.

기념품점에는 온통 시씨의 얼굴이 그려진 물건들이 가득했다. 오스트리아 사람들은 그녀의 고통마저 사랑한다. 시씨는 제국의 마지막 황후였지만 이제는 브랜드가 되었다. 그녀의 초상화가 새겨진 마그넷 하나를 사서 가방에 넣었다. 그녀의 이름을 잊지 않기 위해서. 그랬다. 여행은 남의 이야기를 보러 가는 것이 아니라 내 잃어버린 이름을 다시 찾으러 가는 길이다.

13

윤동주를 찾아간 길

: 용정에서 교토까지, 이국의 흙에 누운 이름

이국의 흙에 누운 그의 이름 앞에 섰던 날, 하늘엔 가늘고 슬픈 비가 내리고 있었다. 볕에 덴 공기는 비에 식었고 들떠 있던 마음도 어느새 잠잠해졌다. 해는 저물어가고 있었고 그의 묘 앞에 선 우리는 말없이 숨을 고르며 서 있었다.

찾아올 가족도 없는 무덤이었다. 그러나 누군가 그의 시를 조용히 읽어 내려갈 때 내 가슴도 함께 눌려왔다. 그의 침묵이 내 안의 오래 묵은 슬픔을 조용히 흔들었다. 짧은 생을 버티고 떠난 청년의 외로움이 그곳에 그대로 남아 있었다. 하지만 우리가 먼 길 걸어와 그의 이름 앞에 섰다는 사실 하나만으로 그는 그 순간 혼자가 아니었다.

겨울이 지나고 나의 별에도 봄이 오면

무덤 위에 파란 잔디가 피어나듯이

내 이름자 묻힌 언덕 위에도

자랑처럼 풀이 무성할게외다

-1948년 초간본 텍스트, 별 헤는 밤 중 일부-

이국의 흙에 누운 그의 이름 앞에 섰던 날

예감이었을까. 그는 자신의 무덤을 이미 알고 있었던 듯하다. 예견이 아니라 체념이었을까. 아니면 마지막 희망이었을까. 실제로 그의 이름이 묻힌 곳엔 풀이 무성했고 오랜 세월 돌보는 손길 없이 방치돼 있었다. 그의 묘를 처음 발견한 사람은 한국인이 아니라 일본인 교수였다.

가장 가까운 이들이 외면할 때 타인이 남긴 불빛이 얼마나 서러운지 알겠다. 윤동주가 세상을 떠난 지 40년이 지나서야 비로소 한국과 조선족 사회에 알려졌다. 이후 송몽규의 무덤이 옮겨와 나란히 자리하며 그제야 사람들은 이 고요한 언덕 위로 걸어오기 시작했다. 우리도 그 길을 따라 먼 시간이 지나서야 그의 앞에 섰다. 한국을 대표하는 시인 정지용은 그의 유고 시집 서문에 이렇게 썼다.

무시무시한 고독에서 죽었구나!

스물아홉이 되도록 시 한 편 발표하여 본 석노 없이!

평생 공부하며 살다 사상범으로 체포되고 스물여덟의 나이에 후쿠오카 감옥에서 쓰러진 삶. 그 짧은 시간 속에서 평생의 양심을 다 써버린 청년이었다. 시를 쓰는 것만으로 버텼던 청년은 가족과도 떨어져 용정 공동묘지 낯선 흙 속에 누워 있다. 시간마저 흐린 이름표, 바람에 흔들리는 잡초들, 그들이 그의 침묵을 대신하고 있었다.

그런데 우연이라고 하기엔 이상하리만큼 절묘한 순간과 맞닥뜨렸다. 용정의 묘소에 섰을 때도, 교토 우지강변의 시비 앞에 섰을 때도 하늘은 약속이나 한 듯 비를 내렸다. 눈물로 기억하는 시대에는 비도 위로가 된다. 그 비는 그의 짧은 생애를 애도하는 듯 느껴졌다. 돌보지 못한 마음이 비로 쏟아져 내리는 날이었다. 누군가의 슬픔이 끝나지 않았다는 것을 하늘이 알고 있는 듯했다. 꽃피지 못한 젊은 시인의 안타까움으로 젖어 있는 듯했다. 아니면 먼 길을 찾아온 발걸음에 그가 고요한 인사를 건네는 방식이었을지도 모른다.

우지강변에 자리한 〈시인 윤동주 기억과 화해의 비〉는 그의 탄생 100주년을 기념해서 일본인 곤타니 노부코의 집요한 노력과 지역 구청의 협조로 세워졌다. 그곳은 그가 용정을 향해 떠나기 전 도시샤대학 친구들과 송별회를 했던 자리다. 그날 찍힌 사진이 그의 마지막 모습이 되었다

그를 기억하려는 일본인들의 마음 그리고 한국을 향한 화해의 손길 그 모든 진심이 고맙다. 그러나 시비는 다리 아래 사람들의 눈길이 닿기 어려운 자리에 숨어 있었다. 빗물이 불어나면 휩쓸려 가버릴까 이방인의 마음은 괜히 조급해졌다.

도쿄 릿쿄대학과 교토 도시샤대학의 시비는 젊은 학생들의 숨결과 함께 당당히 서 있었다. 그곳에선 그가 대접받는 듯해서 낯선 자부심이 들기도 했다. 그러나 우지강변에서 나는 다시 용정의 언덕을 떠올렸다. 그리고 아련한 쓸쓸함이 겹겹이 내려앉았다. 지금이라도 그의 묘와 송몽규의 묘가 조국의 품, 천안독립기념관으로 옮겨지길 바라는 마음이 들었다.

다행히 용정의 언덕에 송몽규가 함께 잠들어 있다는 사실이 조금은 위안이다. 중국은 윤동주를 중국 조선족 시인으로 표기한다. 그의 국적을 두고 다투는 동안 그의 시는 이미 국경을 넘어 있었다. 일본에서는 정부가 아닌 민간의 손길이 그의 이름을 되살렸다. 두 나라의 의도와 시선 사이 우리가 넘어야 할 벽과 치유해야 할 상처가 여전히 있다.

그러나 나는 정치보다 한 사람의 생이 먼저 떠오른다. 시가 남긴 것은 이념이 아니라 인간의 얼굴이었다. 절망 속에서도 부끄러움을 잃지 않았던 청년. '잎새에 이는 바람'에도 마음이 흔들렸던 사람. 녹슨 거울 속 자신의 얼굴을 보며 '나는 이다지고 욕될까' 자책하던 사람. 나라를 잃은 시대에 태어나 자기 존재가 어디에도 붙지 못했던 디아스포라의 청년. 오색기가 펄럭이는 운동장을 보며 가슴 깊이 묵직한 슬픔을 품었던 사람. 그는 후쿠오카형무소에서 숨을 거두었고 먼 만주의 공동묘지에 홀로 묻혔다.

그러나 그의 시는 여전히 살아 있다. 그는 죽었으나 부끄러움을 아는 이의 마음은 그의 이름과 함께 계속 자란다. 국가와 민족을 넘어 한 인간이 고독 속에서 붙든 선함과 믿음이 지금 이 순간도 우리를 흔든다. 나는 그의 동시를 떠올린다. 부끄러움이란 감정조차 스스로를 지키는 마지막 빛임을 그는 알고 있었다. 그를 떠올릴 때마다 내 마음 한곳에 따뜻한 숨이 고인다. 그의 순수함이 긴 시간을 건너와 오늘도 나를 가만히 일으킨다.

시가 사람을 구한다면 그것은 거대한 용기가 아니라

한 줄의 부끄러움 덕분일 것이다.

우지강변의 <시인 윤동주 기억과 화해의 비>에는 새로운 길의 시가 새겨져 있다.

바르셀로나를 대표하는

사그라다 파밀리아 성당을 바라보며

14

고독한 천재들의 삶이야말로
진정한 예술품이다

:가우디와 미켈란젤로, 신을 향한 응시

은퇴 후 여러 나라를 여행하면서 이름난 명소들을 그저 스쳐 지나가던 내 눈에, 어느 날 바르셀로나의 성가족 성당이 들어왔다. 낯선 돌기둥과 하늘을 향한 첨탑, 그 모든 형태가 생명처럼 살아 있었다. 그때 처음 '안토니 가우디'라는 이름이 마음 깊이 새겨졌다.

그의 성당 앞에서 느낀 첫인상은 혼란이었다. 고딕 성당의 장엄함에 익숙한 나에게 성가족 성당은 낯설었다. 성당 벽면은 마치 벌집처럼 거칠었고 옥수수 줄기처럼 솟은 탑들이 하늘을 찌르고 있었다. 그러나 문을 들어서는 순간 그 혼란은 숲속의 고요로 바뀌었다. 위대함은 설명이 아니라 침묵으로 스며드는 것 같다.

빛은 스테인드글라스 사이로 부드럽게 여과되어 나뭇잎 사이를 통과하는 햇살처럼 성당 안을 물들였다. 하얀 대리석 기둥은 하늘로 뻗은 나무의 몸통처럼 서 있었고 그 틈새의 공기는 신의 숨결 같았다. 이곳은 인간이 만든 건축이 아니라 자연이 기도하는 공간이었다.

신을 향한 마음은 돌보다 먼저 세워지는 법이다. 가우디는 신앙으로 건축을 했다. 그에게 설계란 계산이 아니라 예배였다. 류머티즘에 시달리며 평생 검소하게 살았던 그는, 예배를 드리러 가던 길에 전차에 치여 생을 마쳤다. 허름한 그의 옷차림 때문에 사람들은 그를 노숙자로 여겼다고 한다. 그가 죽은 뒤에야 사람들은 그가 바르셀로나의 심장, 성가족 성당의 주인이었다는 것을 알았다.

그의 삶은 화려하지 않았다. 그러나 그 검소함이 오히려 신의 언어를 닮아 있었다. 성가족 성당은 여전히 완성되지 않았다. 그러나 미완의 그 건축물은 완성된 신앙처럼 고요히 서 있다. 미완이라는 이름으로 영원을 이루는 것들이 있다. 성가족 성당의 건축은 더디게 진행되자 사람들이 물었다. "언제 완성될까요?" 가우디는 미소를 머금고 이렇게 말했다. "이 성당의 의뢰인은 하느님이십니다. 그분은 영원하시니 바쁜 분이 아니시지요." 그는 세속의 속도를 거부했다. 그의 시간은 신의 시간에 맞춰 흘렀다. 성당의 벽과 천장, 기둥 하나하나에는 나무와 버섯, 새와 돌의 형태가 스며 있었다. 깨진 타일로 완성한 무늬, 재활용된 대리석의 질감 속에는 인간의 결핍을 아름다움으로 바꾸는 힘이 있었다. 그에게 건축은 '짓는 일'이 아니라 '기도하는 일'이었다. 그의 건축은 돌이 아니라 무릎으로 쌓아 올린 것이었다.

바르셀로나가 가우디로 인해 세계인의 도시가 되었다면 이탈리아는 미켈란젤로로 인해 인간의 영혼을 조각한 땅이 되었다. 그의 천장화 '천지창조'와 제단화 '최후의 심판'은 800평의 공간 위에서 신과 인간의 경계를 다시 그렸다. 그는 조각가였지만 붓을 들었고 4년 동안 천장 아래서 고개를 젖힌 채 그림을 그렸다. 신을 향한 믿음이 그의 근육을 지탱했고 고통이 그의 붓끝을 움직였다.

신과 인간의 손끝이 닿는 순간, 천지창조

　시스티나 성당의 천장 한가운데 하느님이 아담에게 손을 내미는 장면에 수많은 인파가 그 한 장면에 시선을 고정하고 있었다. 나 역시 고개를 들어 그 손끝을 바라보았다. 그 순간 나는 관람자가 아니라, 창조 속에 잠시 불린 존재였다. 그때 문득 이런 생각이 스쳤다. 만약 그 자리에 아담 대신 이브가 있었다면 이 감동은 그대로였을까. 나는 꽤 나이 많은 중년의 동양 여인으로 그 그림 앞에 서 있었다.

　그리고 나 또한 창조의 일부라는 느낌이 들었다. 누구도 거울을 보지 못한 시절부터 인간은 빛을 닮고 싶어 했을 것이다. 신의 시선이 나를 바라보는 듯했고 그 찰나에 세상의 모든 경계가 사라졌다. 백남준의 말이 떠올랐다. "예술은 타인의 열기 속에서, 나의 사적인 망상으로 시작된다." 아름다움이란 어쩌면 신이 인간의 고독을 달래기 위해 남겨둔 유일한 흔적일지도 모른다. 그래서 사람은 예술 앞에서 울음을 삼키고 말이 아닌 숨으로 감사한다.

시스티나 성당을 나서면 성 베드로 대성당이 이어진다. 그곳의 중심에는 미켈란젤로가 스물네 살에 완성한 '피에타'가 있다. 성모의 팔 위에 누운 예수의 몸, 그 젊고 단정한 얼굴에는 절제된 고통이 깃들어 있었다. 눈을 내리깔고 입을 굳게 다문 마리아의 표정은 말보다 깊은 기도처럼 느껴졌다. 가장 큰 슬픔은 소리 없이 빛난다. 나는 그 조각상 앞에서 한동안 아무 말도 할 수 없었다. 그저 바라만 보았다. "내가 얼마나 많은 노력을 했는지 안다면, 당신은 나를 천재라 부르지 못할 것이다." 그 고백 속에는 인간의 한계를 넘어 신의 경지로 향한 고독한 투쟁이 있다. 천재는 타인의 갈채가 아니라 자기 고독을 끝까지 견딘 사람이다.

가우디와 미켈란젤로의 삶은 모두, 신을 향한 한 인간의 응시였다. 그들은 건축과 조각이라는 서로 다른 언어로 신의 얼굴을 그렸다. 그리고 그들의 예술은 지금도 사람들에게 묻는다. 당신은 무엇을 위해 스스로를 태우는가. 무엇을 향해 끝까지 고독을 견디는가.

당신은 무엇으로 영원을 믿는가? 라고 물은 푸코의 말처럼,

"집이나 건축의 아름다움보다 그것을

창조한 인간의 삶이야말로 진정한 예술품이다."

가우디는 성가족 성당의 지하에서 미켈란젤로는 산타크로체 성당의 돌 아래에서 잠들어 있다. 그들의 무덤 위에는 침묵이 흐르지만, 그 침묵조차도 여전히 말을 건넨다.

Chapter 3

사
—
물
—

관찰자의 시선은 사물을 새롭게 만든다.

우리가 속한 세계를 스스로 바라보고 해석하지 못한다면

결국 타인이 그려놓은 세계 속에 갇히게 된다.

그때 눈앞에 펼쳐진 모든 풍경은

타자의 언어로 설명된 현실에 지나지 않는다.

15

프라하의 시계, 고통이 깎아낸
아름다움

:오를로이, 눈 먼 장인의 마지막 손길

체고를 떠올리면 그들의 항쟁, 프라하의 봄이 먼저 스친다. 밀란 쿤데라의 『참을 수 없는 존재』의 가벼움과 프란츠 카프카의 『변신』이 겹쳐 보인다. 이 나라는 동유럽의 한가운데서 합스부르크의 지배를 거치고 독일과 러시아 사이에서 오랫동안 흔들렸고 마침내 1993년에 자신들의 이름으로 역사를 이어가기 시작했다. 그 오랜 시간의 흔적이 도시의 벽돌과 다리와 광장에서 조용히 숨을 쉰다.

우리 가족이 프라하를 찾았던 해는 2015년이었다. 구시가지 광장에 닿자마자 천문 시계탑 오를로이를 처음 마주했다. 입체적 구조와 오래된 장치가 만드는 움직임이 눈길을 끌었지만 유적이 많은 도시의 첫인상 속에서 나는 그것을 그저 오래된 유물 하나로 지나쳤다. 그때는 보았지만 아직 바라볼 줄은 몰랐다. 여행을 마치고 나서야 왜 많은 이가 일정에 시계탑 오를로이를 넣는지 알게 되었다. 이윽고 시계의 앞면만 본 내 마음이 조금 부끄러워졌다.

오를로이를 만든 장인 하누슈에 관한 전설이 있다. 너무 정교한 시계를 만들어 다른 도시에서도 주문이 몰리자 비밀이 새어 나갈 것을 두려워한 시장이 그의 두 눈을 빼앗았다는 이야기다. 앞을 보지 못하게 된 그는 죽기 전 마지막으로 기계장치를 만지게 해 달라 청했고 조수의 손을 빌려 장치 앞에 서서 그것을 멈추었다고 한다. 이 이야기는 기록과 사료가 보증한 정설은 아니다. 그러나 중세는 마녀를 화형에 처하던 시대였다. 재능이 축복이 되지 못하고 오히려 화가 되던 시절이었다. 그래서 이 전설을 완전히 허무맹랑하다고 밀어낼 수도 없다. 시대는 때때로 빛나는 사람을 먼저 다치게 한다.

프라하의 까를교에는 고문과 순교의 그림자를 품은 동상들이 줄지어 서 있다. 그 시절의 나는 그 옆을 걸으며 사물들을 사진의 배경으로만 보았다. 지금 돌아보면 아는 만큼 보이고 아는 만큼 마음이 머문다는 말을 조금 더 깊이 이해하게 된다.

시간이 흐르니 눈이 아니라 마음으로 보게 되었다.

다음에 다시 간다면 그곳의 역사와 사람을 먼저

마음에 새기고 천천히 보려 한다.

시간의 켜와 손의 흔적을 따라가며 걷고 싶다.

나이 들수록 여행은 풍경이 아니라 마음이 걸어가는 길이라는 생각이 든다.

눈은 풍경을 담고 마음은 세월을 담는다.

젊을 때는 눈으로 보고 남겼다면 이제는 가슴으로 듣고 간직하게 된다.

그 차이가 삶의 속도만큼 조용히 쌓인다.

하누슈는 그토록 아름답고 정교한 시계를 만들었지만 보답받기는커녕 권력자의 아집 속에서 육체의 고통과 마음의 상처를 짊어졌다는 이야기를 남겼다. 그 생각을 하면 가슴이 먹먹해진다. 그럼에도 그의 작품은 지금도 광장에서 시간을 알리고 사람들의 발걸음을 멈추게 한다.

고통이 깎아낸 아름다움은 쉽게 사라지지 않는다. 세기를 건너 살아남은 기계의 호흡이 여행자들의 눈을 조용히 붙든다. 어쩌면 그는 지하에서라도 조금은 흐뭇하게 미소 짓고 있을지 모른다. 자신이 세운 시간이 여전히 사람들의 가슴에 울리고 있다는 사실에.

문자가 생기기 전부터 사람들은 입에서 입으로 이야기를 건넸다. 이야기는 팍팍한 오늘을 견디는 이들에게 영감과 위로를 건네고 일상의 결을 풍요롭게 하는 빛이 된다. 여행지에서 유산과 유물을 마주할 때 나는 그것을 완성하기 위해 들이부은 수많은 손길과 시간 그리고 시대를 앞선 재능 때문에 감내했을 고통을 떠올린다. 그 뒤를 생각하면 쉽게 감탄사로 넘어

가지 못한다. 한 걸음 뒤로 물러서서 과거의 예술과 기술이 요구했던 희생을 함께 바라보게 된다. 아름다움은 완성의 찬란함만으로 서지 않는다. 그 안에는 늘 사람의 숨결과 땀과 상처가 있다. 기록되지 않은 손들이 세상을 만든다. 살아보니 안다. 사람의 마음도 그렇다. 빛나는 순간 뒤에는 언제나 말하지 않은 시간과 견딘 날들이 있다. 나이가 들며 비로소 그 조용한 무게들 읽게 된다.

서편제라는 영화에는 소리를 완성하기 위해 소리꾼이 양딸의 두 눈을 멀게 하는 장면이 나온다. 예술이라는 명분으로 혹은 권력의 아집으로 누군가의 삶을 희생시키는 일은 얼마나 잔혹한가. 그런 비극을 한이라는 말로 미화하는 태도도 경계해야 한다. 판소리의 진정한 미학은 한 자체에 머물지 않는다. 판이라는 마당을 열어 풍자와 해학으로 사람들의 고통을 함께 건너는 데 있다. 예술은 삶을 소모시키는 의식이 아니라 삶을 건너가게 하는 다리여야 한다. 우리는 그 다리를 건너며 서로의 상처를 덜어낸다.

세기를 건너 살아남은 아름다움, 프라하

프라하를 다시 떠올리면 오를로이와 하누슈의 이야기가 마음에 먼저 선다. 언젠가 그곳을 다시 걷고 싶다. 이번에는 조금 더 천천히 보고 조금 더 알고 들으며 그 시간의 숨결을 곡진하게 느끼고 싶다.

유럽은 다양한 인종과 문화와 역사가 포개진 장소다. 그 유산과 유물이 앞으로도 잘 보존되어 이 시대를 사는 우리의 마음에도 잔잔한 울림으로 오래 남기기를 바란다. 그렇게 한 도시의 시간이 또 다른 시대의 가슴으로 옮겨가며 이야기는 이어진다.

그리고 언젠가 먼 훗날,

나도 누군가에게 한 조각 기억으로 남을까.

누군가의 시간 속에서

잠시 따뜻한 이름이면 좋겠다.

화려하지 않아도 묵묵히 시간을 지키는 오를로이처럼

조용한 흔적이면 충분하겠다.

나이를 먹으니 그런 소망이

마음 한편에 조용히 내려앉는다.

16

성당의 빛이 내게
말을 걸던 날

:스테인드글라스, 빛은 어둠 속에서 빛난다

한국에서 유럽으로 떠나려면 시간과 비용이 만만치 않다. 여행이란 이름의 투자. 그래서 사람들은 뽕을 뽑아야 한다는 마음에서 자유롭지 못하다. 그러나 마음이 가장 오래 기억하는 것은 효율이 아니라 떨림이다. 그럼에도 가장 가보고 싶었던 곳은 유럽이었다. 오랜 세월 세계의 문화와 유산이 유럽에 쌓여 있다는 믿음이 있기 때문이다. 특히 중세를 거쳐 축적된 성당 건축물들은 그 자체로 한 시대의 정신과 기술을 품고 있다. 오늘까지도 화려하고 웅장한 성당 대부분이 유럽에 남아 있다.

내 첫 유럽 여행은 패키지였다. 우리는 단체라는 울타리에 익숙해져서 혼자 떠나는 일에 서툴다. 그래서 선택한 여행이었고 어찌 되었든 유럽을 다녀왔다는 사실 하나로 위안을 삼았다. 남편은 여행을 즐기는 사람은 아니지만 가족을 지켜야 한다는 마음으로 동행했고 딸은 합류, 아들은 직장 때문에 가지 못했다. 그해 8월 유럽은 뜨겁고 무겁게 달아올라 있었다.

　여행을 미치고 인상으로 돌아온 뒤 감동은 서서히 희미해졌다. 시간이 지나 기억이 다시 떠오를 즈음 두 번째 감동이 밀려들었다. 마치 바닷물이 조용히 차오르듯 마음 깊은 곳에 다시 스며들었다. 그중에서도 유독 강하게 남은 것은 스테인드글라스였다. 성당에서 가장 성스러운 공간은 제대다. 그곳에서 교황이나 신부는 말씀을 선포하고 미사를 드린다. 감실이 그 곁을 지킨다. 그리고 교황의 의자가 있으면 대성당으로 불린다는 것도 여행 이후에야 알았다. 그러나 무엇보다도 현실에서 성스러운 공간으로 들어서는 입구에 서면 스테인드글라스가 빛을 부여잡아 스펙트럼으로 펼쳐내는 순간이 있다. 영롱하게 반짝이는 빛이 사람을 저절로 단정하게 만든다. 마음과 자세가 곧게 선다.

성당의 스테인드글라스, 빛은 창을 뚫고 들어오지만 유리를 깨지 않는다

젊을 때에는 화려함이 나를 압도했지만

나이가 드니 빛의 침묵이 더 크게 다가온다.

화려함은 기억에 남아도 고요함은 마음에 남는다.

프라하의 성 비투스 대성당과 오스트리아 성 슈테판 대성당을 처음 마주했을 때의 감격은 오랫동안 가슴에 머물러 있다. 성 슈테판 대성당 안에 늘어섰던 순간. 내 안 어딘가에서 설명할 수 없는 감정이 뜨겁게 솟았다. 어둠을 품은 높은 공간에 스테인드글라스를 통과한 빛이 퍼졌다. 그 빛은 마치 구원의 세계로 나를 옮겨놓는 듯했다. 몸과 마음이 동시에 움찔했다. 그 순간 나는 이유 없이 나를 용서받은 사람처럼 느꼈다. 그 순간 내 앞에 있었던 그 빛은 도대체 어떤 빛이었던가.

여행 중 성당을 방문했을 때 스테인드글라스에 반사되어 쏟아지던 신비로운 빛이 머릿속에서 오래 지워지지 않았다. 어느 순간부터 그 빛의 정체가 궁금해졌고 마음 깊은 곳에서 관심이 단단하게 자라기 시작했다. 그러던 중 우연히 스테인드글라스 작가 김인중 신부에 대한 기사를 보게 되었다. 세계 10대 스테인드글라스 작가로 선정되었다는 소식을 접했을 때

한 사람의 한국인으로서 또 가톨릭 신자로서 마음이 깊게 벅찼다. 그분이 한국을 방문하셨을 때 했던 짧은 인터뷰가 내 기억 속에 오래 머물렀다.

보통의 스테인드글라스는 성경의 장면을 재현한다. 그러나 김 신부님의 작품은 무엇을 묘사하려 하지 않는다. 국경과 인종과 언어를 초월한 빛 그 자체를 담고 싶다고 하셨다. 신을 설명하지 않고도 믿게 하는 방식이었다. 햇빛에 따라 형상과 색이 매 순간 달라지고 그 변화 속에서 빛이 살아 있음을 드러낸다고 했다. 빛은 창을 뚫고 들어오지만 유리를 깨지 않는다. 색은 섞일수록 어두워지지만 빛은 섞일수록 밝아진다. 오래된 차가운 돌벽조차 한순간 부드럽게 바꾸어 놓는 것이 빛이라고 했다.

스테인드글라스의 빛, 매 순간 달라지는 형상과 색

그 말이 마음에 오래 머물렀다.

나이 든다는 건 세상을 바꾸는 힘이 아니라

세상을 밝히는 빛을 닮아가는 일일지도 모른다.

힘이 아니라 결로 남는 삶. 세상은 소리보다도,

흔적보다도,

빛으로 남는 사람을 오래 기억한다.

부딪히기보다 비추고 밀어붙이기보다 감싸는 태도.

젊을 때는 몰랐던 존엄이 거기 있었다.

그러나 빛은 결국 말로 제한할 수 없는 것이기도 하다. 내가 이해한 만큼 받아들이고 나머지는 조용히 품어두기로 했다. 사람마다 담을 수 있는 그릇의 크기가 있고 넘치면 오히려 흐트러지기도 하는 법이다. 김 신부님은 빛의 작가라고 불리지만 정작 본인은 아직도 빛을 찾아가는 사람일 뿐이라며 겸손히 웃었다. 그분이 추구하는 빛이 앞으로도 오래 우리 곁을 비추기를 바란다.

나는 가톨릭 신자이지만 냉담했던 시기도 많다. 그러나 한국을 여행하다가 우연히 성당을 만나 미사에 참여할 때면 가슴 깊은 곳이 따뜻해진다. 유럽의 성당처럼 웅장하지 않지만 작은 성당에서 더 큰 위로가 흘러나올 때가 있다. 소박함은 오히려 마음을 다정하게 만든다.

교직에 몸담았던 시절은 종종 견딜 힘을 시험받던 시간이었다. 학생들과 동료 교사, 행정

직원, 학부모 사이에 얽히는 관계의 실타래는 쉽게 풀리지 않았고 때로는 벅차게 내 마음을 흔들었다. 퇴근길에 성당에 들르던 순간들이 그때의 나를 붙들어주있다. 조용한 성당 안의 낮은 조도, 스테인드글라스에 잠시 머물던 빛, 그 빛을 바라보는 동안 뒤엉킨 감정들이 천천히 가라앉았다.

가장 고단했던 시절 교장에게 심하게 질책 받고 화장실에 숨어 울었던 기억이 있다. 그 분노와 서러움을 안고 성당에 들어가 고해성사를 드렸다. 칸막이 앞에서 울음을 참지 못하고 흐느꼈다. 신부님이 조용히 기다려주셨을 때 그 침묵이 나를 다독였다. 그날, 나를 치유한 건 말이 아니라 함께 울어준 정적이었다.

말보다 침묵이 위로가 되는 순간이 있다.

성당을 나오며 마음속 응어리가 가볍게 사라진 것을 느꼈다.

지금 돌아보면 그때 조금 덜 아팠어도 괜찮았을 것이다.

그러나 아팠기에 비로소 사람의 마음이 얼마나 부서지기 쉬운지 알게 되었다.

나이 듦이 주는 선물은, 누군가의 아픔 앞에서

쉽게 판단하지 않는 마음이라는 것을 이제야 이해한다.

견딘 마음만이 타인의 아픔을 조용히 감싸준다.

성당에서 신부는 하늘과 사람을 잇는 다리다. 그리고 그 길을 따라 신자들을 빛으로 이끄는 또 하나의 통로가 있다면 그것은 스테인드글라스일 것이다. 스테인드글라스는 장인의 헌신과 봉헌의 시간, 그리고 오랜 세월이 함께 만든 결정체다. 그 결정체를 통과한 빛은 영원을 가로질러 우리의 마음을 조용히 어루만진다. 그 빛은 어둠 속에서도 흔들리지 않고 나의 영혼을 따스하게 비춰줄 것이다.

17

인생은 짧고 예술은 길다

: 루브르 박물관, 모나리자 앞에 서다

루브르박물관의 입구는 유리로 지은 피라미드다. 더 놀라운 점은 박물관 앞 지하 쇼핑몰 천장이 역피라미드 형태라는 사실이다. 에펠딥과 함께 바라본 파리는 건축의 정교함과 조형미가 조화를 이룬 도시였다. 박물관은 파리 리볼리에 있지만 그 안에 담긴 유물들은 세계 여러 시대와 문명의 이야기를 품고 있었다.

박물관에 들어가기 전부터 긴 대기줄에 지쳐 있었다. 세계적인 박물관답게 관광객이 끝없이 이어졌다. 그 수많은 작품 가운데 사람들이 몰리는 한 곳이 있었다. 레오나르도 다 빈치가 생애 마지막까지 소장했던 작품 모나리자였다. 세기의 명작을 눈앞에서 보았을 때 감동보다는 솔직히 약간의 실망이 먼저 왔다. 크기가 생각보다 작았다. 과거 도난과 훼손 사건 때문에 방탄유리 속에 보호되어 있었다. 다행히 내가 방문한 날에는 펜스가 설치되지 않아서 가까이서 볼 수 있었던 것이 작은 위안이었다.

사람들에 가려 흐릿하게 보였던 그녀의 미소

그러나 다른 걸작들이 줄지어 있음에도 유독 모나리자 앞만 인파가 **빽빽**했다. 왜 이 그림에만 이렇게 열기가 쏟아질까. 그 이유가 궁금해지기 시작했다.

한국에서는 조용필의 모나리자가 한때 크게 유행했다. 그림과 직접적인 관련은 없지만 제목만으로도 이미 얼굴이 떠오른다. "내 모든 걸 다 주어도 그 마음을 잡을 수는 없는 걸까 모나리자." 애절한 멜로디와 음색. 1988년 서울올림픽 시기 전국을 흔들었던 노래였다. 그래서 내게 모나리자는 처음부터 조금 친숙했다.

이제 그림 자체로 돌아가 본다. 첫 번째 의문. 왜 이탈리아 사람 레오나르도의 그림이 프랑스에 있을까. 두 번째 의문. 왜 이토록 많은 사람이 이 그림 앞에서 발걸음을 멈출까. 그림이 루브르에 있게 된 배경에는 프랑수아 1세가 있다. 그는 외교와 정치에서는 혹평을 받지만 예술과 문화 진흥에 큰 역할을 한 인물이다. 교황 레오 10세는 그가 예술을 사랑한다는 사실을 알고 이를 활용해 정치적 우위를 다졌다. 마침 레오나르도를 후원하던 이가 없던 시기 프랑수아 1세는 그를 프랑스로 초청해 예우하며 머물게 했다. 레오나르도는 마지막까지 품었던 작품들을 프랑수아 1세에게 남겼다. 그렇게 모나리자는 루브르의 품에 안기게 되었다.

그리고 이 작품이 세계적인 신화를 완성한 계기는 1911년의 도난 사건이었다. 당시 모나리자는 왕궁 내부에만 걸려 있었고 대중에게 잘 알려지지 않았다. 하지만 도난 이후 파리 경찰은 그림의 이미지를 인쇄해 6,500장의 전단을 뿌렸고 4만 프랑의 현상금을 걸었다. 유례없는 사건은 모나리자를 역사상 가장 위대한 예술로 떠오르게 하는 도화선이 되었다.

모나리자는 레오나르도가 마지막 순간까지 손에서 놓지 않았던 작품이다. 그는 평생 이 그림을 수정하고 다듬었다. 얼굴 근육과 입술의 움직임을 이해하기 위해 시신을 해부하고 수없이 스케치를 했다고 한다. 스푸마토 기법으로 경계선을 흐리고 표정을 고정시키지 않음으로써 감정이 살아 움직이듯 보이게 했다. 완벽하지 않다고 느끼면 다시 손을 대고 또 고쳤다. 그래서 그는 의뢰인의 손에 그림을 넘기지 못하고 프랑스로 떠날 때 직접 품고 갔다.

그가 아꼈던 다른 작품 성 안나와 성모자와 어린 양도 있었다. 어린 시절 어머니와 떨어져 자랐던 기억이 그의 그림 속 모성을 더욱 애틋하게 만들었을지도 모른다. 성모가 아들을 바라보는 눈빛을 보고 있으면 그 마음의 온도가 전해지는 듯하다. 같은 시대 다른 화가들의 초상화가 평면적이었다면 레오나르도의 그림은 시대를 건너오는 숨결과 실험정신으로 가득하다. 한 사람에게 이토록 많은 재능이 몰린 것을 보면 신은 가끔 불공평해 보인다. 수백 년이 흐른 지금도 그림 앞에서 관람객들이 멈춰 선다. 아마 지하 어딘가에서 다른 화가들이 질투할지도 모르겠다.

　모든 사물은 보는 이의 미 음에 따라 다르게 빛난다. 모나리자는 보는 각도, 바라보는 사람의 감정에 따라 표정이 달라 보인다. 그래서 이 그림은 끝없이 열려 있는 사고, 열린 회화다. 15세기의 작품이 21세기에도 계속 새롭게 해석되고 사랑받는 이유다. 인생은 짧고 예술은 길다는 말이 진실임을 세삼 확인하게 된다.

　아쉬운 점은 패키지여행이었다는 것이다. 제한된 시간 속에서 방대한 예술품들음 깊이 음미하기란 어렵다. 모나리자 앞의 인파 속에서 사진 한 장 건지기조차 쉽지 않았다. 그러나 그 뜨거운 관심은 작품의 힘을 증명한다. 루브르에 자리 잡은 모나리자는 프랑스의 자부심이 되었고 이탈리아는 아마 지금도 속으로 탄식하고 있을 것이다.

세월이 흐를수록 깨닫는다.

예술은 눈앞의 대상이 아니라 내가 어떤 사람인가를 비추는 거울이다.

젊을 때는 감탄으로 지나쳤던 장면들이 이제는 나를 멈추게 한다.

그리고 다시 묻게 한다.

'나는 지금 어떤 마음으로 아름나움을 비라보고 있는가' 라고.

　그런 생각을 하다 보면 우리나라의 유물들이 떠오른다. 침략과 약탈 속에서 사라진 보물들. 혜초의 왕오천축국전이 프랑스 파리 국민도서관에 있다는 사실도 안타깝기만 하다. 한국의 정교한 반가사유상도 한 외국인의 개인 소장품이었고 뒤늦게야 되찾아왔다. 루브르에 세계가 모인 이유는 단지 우연이 아니다. 나폴레옹은 전쟁터에서 예술품을 가져왔고, 프랑수아 1세는 예술가를 후원하고 작품을 사들였다. 유럽의 재벌들은 예술가를 보호하고 키웠다.

　루브르의 작품들 앞에서 부러움이 스친다. 우리도 우리의 유물을 지키고, 예술가를 존중하고, 문화의 뿌리를 더 탄탄히 해야겠다.

155

18

천지 위에 피어오른 무지개

:백두산, 언젠가 다시 만나자

은퇴 후 처음 맞은 큰 행운이었다. 안양문협 백두산 기행 3박 4일 일정. 윤동주 생가와 묘역을 거쳐, 금강대협곡을 지나, 서파와 북파를 오르며 천지를 만나러 가는 여정. 첫날의 감동은 깊었지만 정작 마음은 둘째 날 서파에서 발걸음을 멈춘 순간 흔들렸다. 비가 내렸고 나는 중도에 포기했다. 천시를 보지 못한 밤, 깊은 잠은 오지 않았다. 칠십이 다 돼도 아쉬움 앞에서는 여전히 마음이 서투르다.

새벽. 창을 열자 또 비였다. 오늘도 만나지 못할까 두려웠다. 그러나 조식 후 문을 나서는 순간 눈앞에 펼쳐진 것은 거짓말 같은 햇빛이었다. 비가 스쳐간 뒤의 하늘은 더 푸르고 단단했다. 지금 사람들은 백두산이라 부르지 않는다. 장백산. 창바이산. 유네스코 세계지질공원. 우리 영산의 이름이 서서히 다른 언어 속에 흡수되는 현실이다. 백두산은 한국인의 마음속에만 남고 지도 위에서는 다른 이름으로 기억되고 있다. 북파로 가는 길은 생각보다 길었다. 여권 확인을 지나 셔틀을 갈아타고 다시 좁은 승합차로 산을 오르내리며 마침내 도착한 고지. 계단 위에는 사람들로 가득했고 천지를 둘러싼 목재 펜스 앞에는 몇 겹의 줄이 빼곡했다. 모두가 자기 차례를, 단 한 장의 사진을 위해 애썼다. 그 마음이 이해되었다. 힘들게 도착한 자리였으니까.

학창 시절부터 귓가에 박힌 노래 - 동해물과 백두산이~ 우리에게 백두산은 주입된 신화이자 영적인 고향이었다. '환상 속의 그대'처럼 손에 닿지 않는 존재, 그러나 반드시 있어야 하는 존재였다. 드디어 순서가 왔다. 눈앞에 펼쳐진 천지는 상상보다 더 거대했고, 더 고요했다. 짙은 남색의 물빛과 절벽 위로 넘실거리는 구름, 비가 남긴 신비로운 기운이 호수 위에 내려앉아 있었다. 봉우리들이 천지를 감싸고 서 있는 모습은 마치 살아 있는 생명체 같았다.

북파에서 본 천지, 처음이자 마지막일지 모를 순간

이 순간이 처음이자 마지막일지 모른다는 생각이 들었다. 천년 동안 스스로를 지켜온 그 호수는 수천 명의 감탄과 카메라 세례에도 흔들리지 않는 기품을 갖고 있었다. 그러나 한국인의 발걸음에는 다른 울림이 있었다. 천여 년의 시간 동안 찢겨진 산. 절반은 타인의 땅이 되었고 나머지 절반은 닿을 수 없는 경계 너머에 서 있다. 우리의 기억 속 영산은 지금 두 나라 사이에 고요히 놓여 있다. 가까이 있지만 닿을 수 없는 대상 앞에서, 사람 탓도, 기계 탓도, 시간 탓도 모두 무의미해졌다.

천지를 바라보는 마음은 이렇게 다르다. 누군가에게는 웅장한 자연일 뿐이겠지만 나에게는 역사와 상처, 애틋함이 겹겹이 쌓인 자리였다. 기억은 쉽게 지워지지 않는다. 언젠가 DMZ가 열리고, 베를린 장벽이 없어졌던 것처럼 이 땅도 다시 하나가 되는 날이 오길. 그때, 마음 놓고 천지를 오롯이 바라볼 수 있길. 그 순간, 하늘은 조용한 답을 대신 내놓았다.

무지개가 뜬 천지, 언젠가 다시 하나가 되길

천지 위에 반원형의 무지개가 피어올랐다.

마치 "기다려라"고 속삭이듯.

구름을 품은 푸른 하늘이 내 마음의 주름을 매만지듯 펼쳐냈다.

그 자리에서 나는 오래 바라보았다. 그리고 천천히, 가만히 속으로 말했다.

언젠가 다시 만나자.

그때는 마음 편히, 경계도 없이.

못 돌아온다 해도 서운하지 않다.

나이 듦은 떠남과 남음 둘 다를 받아들이는 법을 가르쳐 준다.

19

이름이 남지 않아도
화폐는 역사를 쓴다

:한 장의 지폐가 말하는 시대의 얼굴

각 나라의 정체성을 상징하는 기표 화폐. 그 나라 화폐를 손에 쥘 때면 문득 멈추게 된다. 지폐에 새겨진 얼굴과 문양. 동전의 빛과 감촉. 한 나라가 누구를 기억하고 무엇을 자랑하는지 그 작은 종이와 금속 안에 고스란히 담겨 있다. 손끝에 닿는 종이 한 장에도 시대의 온기와 숨결이 남아 있다. 한 번 지나간 시간은 돌아오지 않는다는 속삭임처럼.

요즘은 카드를 쓰면 되지만 여행지 구석구석을 걸으면 여전히 현금이 필요하다. 그래서 미국 달러를 기본으로 챙기고 도착한 나라의 화폐를 일정량 환전한다. 그러다 문득 우리 화폐가 떠올랐다. 다른 나라 지폐에는 근대 이후의 지도자나 국가 발전에 기여한 인물들이 등장한다. 왕정 국가라면 왕과 여왕이 자리한다. 새 지폐를 받아들 때마다 사람은 이렇게 서로의 역사를 손바닥에 올려놓는다. 아주 잠시만이라도.

하창 시절 나는 여학생의 꿈으로 '현모양처'를 배우며 자랐다. 이어 광고에서는 아이를 업고 가방을 든 여성을 '슈퍼우먼'이라고 불렀다. 그렇게 시대가 흘렀는데 2009년 오만원권에 신사임당이 등장했다. 여성의 대표가 또다시 '어머니'였다. 누군가는 이름으로 남고 누군가는 마음으로만 기억된다. 그래서 그 '마음'의 자리가 더 소중하게 여겨진다.

세계 화폐를 다시 들여다본다. 달러에는 대통령들. 영국 연방 국가들 화폐에는 엘리자베스 2세. 그래서 사람들은 말했다. '여왕과 함께 화폐도 늙는다.' 중국 인도 태국도 특정 인물 중심이다. 인도 화폐에는 다양한 언어가 새겨져 있다. 튀르키예 화폐에는 국부 무스타파 케말. 일본 지폐에는 근대 지식인들과 과학자들. 시대의 발걸음과 국가의 선택이 보인다. 지폐 앞면에 인물을 두는 가장 큰 이유는 위조 방지라고 한다. 뒷면에는 유적과 동물 꽃들이 채운다. 한 장의 지폐가 지나간 손마다 다른 의미가 된다. 누군가에겐 생계였고, 누군가에겐 희망이었고, 누군가에겐 마지막 마음의 흔적이었을지도 모른다. 동전은 더욱 개성이 또렷하다. 나는 유로 동전이 특히 좋다. 부조로 떠낸 입체감 화려하고 세련된 문양. 그리고 미국 1달러와 홍콩 달러가 마음에 든다. 1달러는 실용적이다. 어느 호텔이든 베개 위에 올려두면 마음이 가볍다. 싱가포르 지폐는 재질과 색감이 예술적이다. 쓰기 아까울 정도다.

세상 끝 골목에서
동전 하나를 건네받던 순간이 떠오른다.
서로의 마음이 웃던 날.
돈은 사라져도 그런 순간만은 남는다.

여행 후 남은 지폐는 내 파일 속에서 잠들지만 한국 지폐는 여전히 내 지갑 속을 부지런히 오간다. 만원 속 세종대왕의 미소는 은은하지만 현실은 다르다. 오만원이 압도적이다. 한편 이순신 장군을 떠올린다. 그리고 그의 어머니 초계 변씨. 아들을 위해 서울, 아산, 여수로 삶을 옮기며 가문을 이끈 주체적 여성. 노구를 이끌고 아들을 만나러 가다 배 위에서 생을 마감한 인물. 그러나 화폐 속에서 그녀의 이름은 없다. 장군의 초상화조차 500원 동전일 뿐이다. 언젠가 오만 원권의 뒤를 잇는 화폐가 나올 것이다. 그날이 오면 21세기의 대한민국을 이끈 인물들. 근대 이후 시대정신을 대표하는 얼굴들이 등장하길 바란다. 그날을 기다리며 나는 오늘도 지폐를 만지작거린다.

이름이 남지 않아도

사랑과 헌신이 사라지지 않는다면

그것으로 충분하지 않을까.

잊히는 것처럼 보여도 결국 마음이 역사를 쓴다.

코끝이 살짝 시려온다.

20

비빔밥, 덮밥, 볶음밥

: 같은 곡식에서 다른 문화가 자라다

아시아는 쌀을 주식으로 삼아 밥을 중심으로 한 식문화가 많다. 일본, 중국, 말레이시아, 싱가포르 등을 여행할 때 볶음밥과 덮밥은 허기를 달래기에 충분했지만 정작 비빔밥은 외국 메뉴에서 쉽게 만나기 어려웠다. 그 부재가 종종 아쉬움으로 남았다. 낯선 나라에서 배가 부른데도 마음은 허기질 때가 있다. 그럴 때 가장 먼저 떠오르는 것이 밥이다.

여행에서 가장 곤란한 순간은 식사 문제다. 초반에는 새로운 음식과 풍경이 주는 설렘이 크지만 시간이 지나면 서서히 고추장과 김치가 그리워진다. 그래서 국적기를 탈 때마다 일회용 고추장을 챙기는 습관이 생겼고 해외에서 볶음밥이나 덮밥을 주문할 때 챙겨간 고추장을 비벼 먹는 작은 기쁨을 누리게 된다. 그 작은 비비는 동작 안에 고향과 기억과 위로가 한꺼번에 들어 있다.

요즘은 K POP, K FOOD를 세계가 주목한다. 특히 비빔밥이 대세다. 드라마, 유튜브, 먹방 같은 한류 콘텐츠가 결합하며 한국 음식에 관심이 높다. 한국 고유의 음식인 비빔밥이 우리 나라를 대표하는 모습이 반가울 따름이다. 비빔밥에는 영양의 균형뿐 아니라 공동체의 화합이라는 한국인의 정서가 자연스레 담겨 있다.

비빔밥이 문헌에 등장한 것은 19세기 한글 조리서『시의전서』에서다. 비빔밥과 대비되는 일본의 덮밥 돈부리는 밥 위에 한 가지 재료만 올려 비비지 않는다. 한국이 다양한 재료를 섞어 조화를 이루는 문화라면 일본은 하나의 재료 특성을 지켜내는 방식이다. 일본은 섞인 식재를 불편하게 느끼기도 하고 타인과 거리를 유지하는 문화가 음식에도 반영된다. 섞임을 따뜻함으로 기억하는 곳이 한국이라면, 단정한 고독을 예의로 삼는 곳이 일본이다.

중국의 볶음밥(차오판)은 또 다르다. 중국인은 볶고 튀기는 조리법을 선호하고 길쭉한 밥알이 웍 안에서 흩날리며 춤추듯 익는다. 차오판은 세계 곳곳에서 사랑받는 대표 중화요리다.

꽃을 담은 음식, 먹는 것도 예술이 되는 순간

낡은 재료를 볶아 먹기 시작한 데서 유래했다. 어떤 날에는 계란볶음밥을 금기하는 문화도 있다 하니 그만큼 익숙한 음식이라는 의미일 것이다. 여행 중 먹은 볶음밥은 느끼하지 않고 재료 본연의 맛이 살아 있었고 중국에서는 요리사의 실력을 볶음밥에서 확인한다고 할 정도로 불과 힘과 조화가 만드는 정점의 요리였다.

은퇴 뒤 일본을 자주 찾으며 느낀 점이 있다. 음식의 차이만이 아니라 식당의 공기가 다르다. 한국의 한식집은 냄새가 살아 있고 사람들의 목소리가 섞이며 따뜻한 소란이 흐른다. 대부분 가족이나 지인들과 함께 둘러앉는다. 그래서 혼자 앉아 있으면 괜스레 시선이 의식되고 마음이 조용히 움츠러든다. 반면 일본의 식당은 대부분 일인용 세팅이다. 어떤 곳은 도서관처럼 칸막이까지 있다. 혼자 음식을 마주하는 시간을 소중히 여기는 문화다.

드라마 〈고독한 미식가〉가 보여주는 태도도 그렇다. 한 사람의 식사가 하나의 세계처럼 그려진다. 한국의 〈한국인의 밥상〉과 〈백반기행〉에서는 여럿이 음식을 나누며 관계를 짓는다. 일본은 개별의 취향이 우선이고 한국은 다수의 입맛을 어루만져야 한다는 마음이 남아 있다. 누군가는 함께여서 따뜻하고 누군가는 혼자여서 편안하다. 어느 쪽도 옳고 그름이 아니라 마음의 방식일 뿐이다.

한국의 정, 중국의 꽌시, 일본의 와. 다 다른 이름이지만 모두 관계를 지키는 마음에서 태어났다. 그러나 그 결은 조금씩 다르다. 그 마음을 가장 단정하게 보여주는 매개가 밥이다. 쌀이 모여 하나가 되고 그 방식에 따라 비빔밥, 덮밥, 볶음밥으로 나뉜다. 같은 곡식에서 다른 문화가 사란다.

171

한 상에 담긴 깔끔한 구분과 집중, 일본의 식문화

아시아에서 밥은 단순한 식사가 아니다. 공동체의 기운이고 마음의 연결이다. 한국은 여러 재료를 비벼 어울림을 만든다. 일본은 재료를 얹고 고유의 맛을 지킨다. 중국은 강한 화력으로 볶아 역동성을 담는다. 이 방식은 기질처럼 각 나라의 성정을 반영한다. 화합을 중시하는 한국, 깔끔한 구분과 집중이 있는 일본, 직관과 힘이 빠른 속도로 작동하는 중국. 한 그릇이지만 삶의 방식이 스며 있다.

여행 중 가장 기억나는 순간을 떠올리면 일본에서 맛본 가이세키다. 정갈함이 마음을 닦아 주었다. 마카오에서 먹었던 딤섬과 닭죽 역시 따뜻하고 깊었다. 유럽에서는 밥과 고추장이 간절했다. 한국 식당은 드물고 햇반 하나도 구하기 어려웠다. 발견해도 가격이 높아 망설였던 기억.

그래서 더 생각났다.

밥을 먹는 일은 몸을 채우는 일이 아니라

마음의 집을 찾는 일이었다.

멀리 있을수록, 돌아갈 자리가 있다는 사실이 더 선명해진다.

여행지의 음식은 풍경과 공기가 더해져 특별해진다. 낯선 곳에서 대접받으며 숟가락을 드는 순간은 여행이 주는 호사다. 때로는 비싸기만 하고 맛없는 식당도 있었고 무례한 종업원을 만난 적도 있지만 그런 경험마저 여행의 결로 남는다.

문득 드라마 내 이름은 김삼순의 장면이 스친다. 커다란 양푼 비빔밥. 고추장을 크게 비벼 씹으며 "인생 뭐 있어"라고 말하던 모습. 상처난 마음을 매운 맛에 기대 잠시 붙잡아 둔 순간. 트림이 섞인 허세와 붉어진 눈가. 매운 양념 때문이 아닌 마음의 뜨거움이었을 것이다. 그 장면이 오래 남는다. 털털한 말끝 아래 숨어 있던 체념과 위로.

비빔밥은 그렇게 단순한 듯 복잡한 감정을 담는 그릇이다. 말로 다 하지 못한 마음을 밥과 함께 비벼 삼키는 순간. 삶이 날것처럼 흩어져 있다가 어느 날엔 모든 것을 한 번에 섞어버리고 싶은 마음이 찾아온다. 쓱쓱 비벼 삼키는 행위는 결국 나를 달래는 일이다. 마음이 무너진 날에도 "그래도 밥은 먹자"라는 말만큼 든든한 주문이 있을까.

그리고 그 한 숟가락에

다시 살아볼 힘이 스며 있는 것이다.

먹는다는 일은 버티는 일이고 살아 있다는

가장 단순한 증거다.

그래서 밥 앞에서 사람은

마지막까지 희망을 놓지 않는다.

Chapter 4

공
간

어떤 곳은 떠나도 떠난 것이 아니다.

발길이 닿았던 자리,

눈길이 머물렀던 풍경,

그 안에 나의 시간이 스며 있으므로,

공간은 그렇게 사람을 품고,

사람은 그렇게 공간에 남는다.

21

에페스 공중화장실 터

:유적보다 사람이 먼저 보이는 곳

칠십 문틱에 다다른 지금, 나는 여행지에서 화려한 성당이나 박물관보다 사람의 자취가 묻은 자리를 눈여겨보게 된다. 오래 산 만큼 알게 된 것이 있다면 문명과 문화는 결국 일상의 방식에서 드러난다는 사실이다. 사람이 밥을 짓고, 씻고 또 비우는 자리. 그 소소한 공간이 한 나라의 마음을 말해준다.

2015년, 우리 부부는 8박9일 일정으로 튀르키예 패키지여행을 떠났다. 그 시절 나는 아직 자유여행보다 패키지가 마음 편했다. 그러나 출발 이틀 전까지 마음이 어지러웠다. 임용시험 결과를 기다리던 딸 때문이었다. 자식가진 부모는 자식 나이와 관계없이 언제나 부모란 걸 평생 배워간다. 발표 날, 딸 방에서 "야——!" 하고 소리가 들렸다. 방으로 뛰어 들어가 눈이 벌게진 딸을 와락 끌어안았다. 그 순간의 울컥함과 안도감이란. 칠십 인생을 걸어오면 기쁨은 점점 소박해지는 줄 알았는데 그날처럼 벅찬 기쁨도 또 있다. 덕분에 여행길은 그 어느 때보다 가벼웠다. 튀르키예는 천오백 년 전 고구려와 돌궐이 어깨를 맞댔던 나라다. 6.25 전쟁에서 가장 많은 병력을 보내 준 나라이며 형제라는 말이 빈말이 아님을, 그곳을 걸을수록 느끼게 된다.

에페스는 특히 깊이 남았다. 에게해 근처 셀축에 자리한 그 도시. 로마제국의 아시아 수도였고 지금도 도서관과 극장과 목욕탕과 유곽의 자리가 남아 있다. 나는 그중에서도 공중화장실 터 앞에서 오래 발을 떼지 못했다. 장엄한 신전보다, 휘황한 대리석 기둥보다 이곳이 내 마음을 멈추게 했다. U자형 대리석 좌석 아래 정화조와 상하수도가 마련되어 냄새가 빠지지 않도록 설계된 구조. 오늘 화상실과 비교해도 초라하지 않다. 변기 앞 웅덩이에서 물을 떠 씻고 칸막이 없이 마주 보고 앉아 담소를 나누던 자리. 사람의 가장 솔직한 자리는 이렇게 오래된 역사와 함께 있었다.

　하지만 중세 유럽에 이르러 이 문화는 사라졌다. 물을 두려워하고 목욕을 끊어버린 시대다. 겉은 웅장했지만 삶은 불편했고 심지어 치욕스러웠다. 베르사유와 쉰브룬 같은 거대한 궁전에도 화장실이 없었다. 아름다움과 불편이 같은 공간에 공존했던 것이다. 그래서일까. 그 시대에 향수가 피어났다는 이야기가 더는 우스갯소리로 들리지 않는다.

　정화조와 수세식 변기는 20세기에 이르러서야 모습을 갖췄다. 인류가 달에 갔다고 AI가 세상을 바꾼다고 말하지만 정작 인간을 인간답게 만든 진짜 문명은 바로 이것 아닐까.

장엄한 신전보다 내 마음을 멈추게 한 화장실 터

나는 제주 시절 돗통시 냄새를 기억한다. 무릎을 접고 숨을 참고 돼지가 꿀꿀거리며 다가오던 그 뒷간. 그 공포와 민망함을 견디던 어린 시절이 있었다. 그때를 지나온 나는 오늘 수세식 화장실에 앉아 고요히 시간을 보내는 순간이 얼마나 고맙고 인간적인지 안다. 나이가 들수록 크고 거창한 것보다 이런 깨달음이 마음을 더 적신다.

학교에서 낙서 가득한 재래식 변소를 치우던 젊은 날도 생각난다. 구더기, 암모니아 냄새, 숨참는 시간. 그 고단한 풍경 속에도 사람이 자라나는 자리들이 있었다. 지금 생각하면 그 모든 장면이 내 삶의 연대기 속 중요한 문장들이다.

그 시절을 지나왔기에 오늘이 고맙다.

프라하에서도 나는 화장실 앞에 멈췄다.

동전이 없어 손짓하며 도움을 청하던 순간,

"폴리스!"라며 벌떡 일어나던 관리인의 당혹스러운 표정.

그때의 쫓기듯 빠져나온 마음.

나이 든 여행자는 그 장면조차 웃으며 꺼낼 수 있다.

살아온 세월이 사소한 굴욕도 추억으로 바꾸어 준다.

공공 화장실은 한 사회의 문화 수준이다. 사람의 가장 기본적인 욕구를 어떻게 존중하는가. 그 기준에서 우리는 참 먼 길을 걸어왔다. 에페스의 돌 의자 위에서 상상했다. 이곳 사람들은 어떤 얼굴로 이 자리에 앉았을까. 무슨 이야기를 나누었을까. 나는 다만 조용히 거기에서 시간을 느꼈다. 살아온 세월이 많아지면 이렇듯 유적보다 사람이 먼저 보인다.

카파도키아의 바위, 파묵칼레의 하얀 계단, 안탈리아의 바람. 열기구 대신 지프에 흔들리며 웃었던 하루. 그리고 딸의 합격 소식을 안고 떠난 여행. 나에게 튀르키예는 풍경이 아니라 마음의 날씨였다. 따뜻하고, 깊고, 고마웠다.

칠십의 여행은 화려한 사진을 남기지 않는다.

대신 마음 안쪽에 천천히 자리를 만든다.

기억은 오래 숙성되고 풍경은 삶의 의미로 변한다.

그래서 오늘도 생각한다.

삶이란 결국, 한 번 더 비워내고 한 번 더 감사하는 길이다.

22

부엌에서 멀어질수록
나는 나에게 가까워진다

: 아궁이, 화로, 그리고 여자들의 자리

아오모리에서 하루 머물고 배를 타 혼슈에서 하코다테로 넘어가 이틀을 지냈다. 러브레터의 배경인 오타루 운하도 걸었다. 오르골 상점에서 맑은 소리를 듣는 동안 나는 오래전 처음 일본을 보았을 때와는 다른 마음이 되어 있었다. 칠십의 여행은 설렘만이 아니라 되돌아봄을 품고 있는 듯하다.

히로사키성 관람을 마치고 우연히 들른 히로사키 나카초는 중급 사무라이들이 살던 거리였다. 안동 하회마을처럼 옛 주택을 그대로 보존한 곳이다. 다다미 방들. 단정한 구조. 사무라이 옷과 칼. 영화 속 장면들이 현실이 되는 순간이었다. 집들 중심에는 화로 자리가 있었다. 일본은 지진 때문에 불을 중앙에 두어 난방과 취사를 함께 해결했다. 집의 중심에 불을 두고 온기를 모았다.

그리다 한국의 부엌이 떠올랐다. 아궁이를 지펴야 했던 깊은 부엌. 온돌방과 떨어지고 대

가족의 삶을 지탱한 중심. 부엌, 고단함과 헌신이 쌓이고 또 쌓이던 곳

첫마루를 거쳐야 닿을 수 있던 곳. 집의 중심에서 가장 멀어진 자리. 어머니들이 가장 오래 머물렀지만 가장 외로운 장소. 가족의 삶을 지탱한 중심이면서도 중심이 아니었던 공간. 가장은 아랫목에 앉는다. 아궁이의 상석. 아랫목 옆 좁은 문으로 밥상이 드나들지만 그 문은 며느리와 어머니만 오갈 수 있었다. 부엌은 집안의 이야기가 조용히 쌓이고 흘러간 자리였지만 그 자리에 앉는 이는 늘 여자였다. 가족을 돌보며 누구보다 중심이었으나 늘 문 밖에 머물던 자리였다.

세월이 흐르며 드라마 속 부엌도 아궁이에서 입식 주방으로 변했다. 하지만 구조가 바뀌어도 마음의 자리는 쉽게 옮겨가지 않았다. 부엌은 여자들의 공간. 말 대신 눈빛과 숨으로 이어진 자리. 고단함과 헌신이 쌓이고 또 쌓이던 곳.

몇 해 전 방송된 프로그램 엄마의 부엌은 잃어버린 맛과 정을 찾아가는 여정을 내세웠다. 처음엔 따뜻했다. 그러나 화면 속 허리가 굽은 할머니들이 연기 가득한 아궁이 앞에서 음식을 하고 제작진은 그 밥상을 받으며 감탄한다. 맛있다고 웃는다. 그 장면을 보며 마음이 서늘했다. 그 맛이 정말 감동이어서가 아니라 그 고단한 삶까지 한 장면으로 소비되고 있는 것처럼 느껴졌기 때문이다. 오래된 부엌과 어머니의 손길을 정으로만 남기고 그분들의 허리를 펴 줄 새 부엌은 없었다. 누군가는 그 공간에서 평생 불을 지켰다.

내가 여행을 시작한 이유 중 하나도 바로 그 부엌에서의 해방이었다. 가스레인지 대신 지도를 펼치고 냉장고 문 대신 도시의 문을 여는 시간. 저녁 메뉴 대신 하룻밤의 쉼을 고민하는 순간이 얼마나 달콤한지. 오랜 세월 당연하다고 여겼던 가사 노동에서 잠시라도 벗어나는 자유. 그게 여행의 맛이었다.

오늘은 어디에서 저녁을 먹을까. 가족에게 저녁을 차려 주지 못하는 순간 미안함이 스치지만 그 죄책감에서 몇 날 며칠 벗어나는 것만으로도 삶은 한결 가벼워진다. 칠십의 여행자는 욕심보다 쉼을 배운다. 그리고 이제 안다. 내가 나를 돌보기 시작할 때 삶도 비로소 따뜻해진다는 것을.

무사 가옥을 나와 작은 카페에 들렀다. 따뜻한 커피를 마시며 잠시 쉬었다. 곧 네푸타무라로 향했다. 화려한 등불들. 생생한 에너지. 일본은 늘 그렇다. 가까우면서도 멀다. 익숙하고도 이질적이다.

불을 중심에 두고 온기를 모았던 일본의 부엌

우리는 각자의 문화 속에서 서로 다른 공간을 살아왔다.

그리고 이제 그 구조를 바라보는 눈이 생겼다.

나의 자리도, 여인의 자리도, 한평생의 자리도.

부엌에서 멀어질수록 나는 나에게 가까워진다. 그리고 다짐한다.

다음 세대의 딸들은 부엌이 말뚝이 아닌 선택이 되기를.

집밥이 의무가 아닌 기쁨이기를.

삶의 중심은 더 이상 불이 아니라 사람이어야 한다.

『여자들은 다른 장소를 살아간다』의 작가 류은숙은 말했다. 여성에게 부엌은 말뚝이고 그곳에 묶인 줄을 누구도 쉽게 끊지 못했다고.

여행은 오래 묶여 있던 마음의 말뚝에서 천천히 몸을 빼내는 일이다. 한국의 엄마들은 부엌에서 가족을 지켰지만 그 부엌은 종종 엄마를 잃게 했다. 사랑이란 누군가를 부엌에 붙드는 손이 아니라 그곳에서 자유롭게 해주는 손이다. 나에게 더 먼 나라는 과거의 나였다. 누군가의 식탁을 지켜야만 존재 가치가 있다고 믿던 나. 그곳에서 벗어난 지금 나는 비로소 한 인간으로 한 여행자로 서 있다.

23

살아가는 것은 죽어가는 것이다

: 성 슈테판 대성당의 카타콤, 삶과 죽음이 공존하는 곳

성 슈테판 대성당은 첫 순교자 슈테판의 이름을 딴 빈의 상징이다. 성당은 12세기부터 세워졌고 증축과 파괴와 재건을 거쳐 천 년의 시간을 품은 건축이 되었다. 우리 가족은 쇤브룬 궁전을 본 뒤 성당으로 향했다. 한낮의 열기 속에서 성당 안은 어둠과 빛이 교차하는 고요였다. 스테인드글라스 사이로 스며든 빛. 거대한 파이프 오르간과 제대. 하늘로 길게 열리는 타원형 천장. 지상과 영원을 잇는 사다리처럼 보였다.

유럽의 많은 성당 지하에는 유골함이 놓인다. 이는 순교자의 신앙과 희생이 교회의 시초가 되었음을 상징한다. 왕족과 성인의 유해를 분리 보존하는 관습도 있다. 심장이나 신체 일부를 따로 모시기도 한다. 브르봉 왕가의 무덤은 생 드니 성당에 있다. 합스부르크의 무덤은 이곳 성 슈테판에 일부가 안치되어 있다. 프라하의 성 비투스 대성당 지하에도 왕과 성자와 귀족과 대주교의 유해가 잠들어 있다. 유해는 성당의 역사와 함께 호흡한다. 신자와

여행자는 그 곁을 자유롭게 지난다. 삶과 죽음이 같은 공간을 나누는 풍경이다.

　프랑스 대혁명 당시 시민들은 왕궁을 습격했고 성당에 안치된 왕족들의 무덤을 파헤쳤다. 참수된 루이 16세의 유해는 오랜 세월 뒤 발굴되어 동생 루이 18세에 의해 아내 마리 앙투아네트 곁, 생 드니 성당에 다시 모셔졌다. 루이 17세의 심장도 부모 곁에 안장되었다. 죽은 뒤 두 세기가 지나서야 가족이 다시 하나가 된 셈이다.

　성 슈테판의 카타콤을 걷고 난 뒤 문득 왕릉이 떠올랐다. 마리 앙투아네트의 운명이 명성황후의 비극과 겹쳐 보였기 때문이다. 명성황후는 낭인들에게 시해돼 시신이 불태워졌다. 오랜 시간이 흐른 뒤 유골만 모아 홍릉에 안치됐고 다시 고종과 합장되었다. 마리 앙투아네트 역시 혁명 속에서 무덤이 파헤쳐지고 오랜 세월 공동묘지에 놓여 있었다. 나중에야 신원 확인이 되어 왕가와 다시 만났다. 서태후의 무덤 또한 도굴로 훼손됐다. 권력은 생전에 머물다 죽음 속에서도 흔들릴 수 있다. 세상이 등을 돌린 권력은 죽어서도 안식을 얻지 못한다는 사실을 역사는 말없이 보여준다. 마리 앙부아네트처럼 명성황후의 시신도 여러 차례 옮겨졌고 1919년에야 고종 곁에서 비로소 안식을 얻었다. 홍릉 곁에는 아들 순종과 원비 민씨의 능, 계비 윤씨의 능까지 이어져 있다. 비극으로 흩어졌던 영혼들이 조금은 평온하길 바릴 뿐이다.

유럽 성당에서 카타콤을 직접 본 적은 없었다. 체코의 성 슈테판 성당에서 처음 내려갔을 때, 나는 그들이 죽음과 삶을 분리하지 않는다는 걸 깨달았다. 유해는 가까이 있고 신앙과 일상 속에서 늘 곁을 지킨다. 서양의 공동묘지는 도시 가까이 있다. 산책하듯 들를 수도 있다. 그러나 한국의 묘지는 대부분 멀다. 집값이 떨어진다며 기피하고 명절에만 한꺼번에 찾아가야 한다. 좁은 땅 위에서 매년 '민족의 대이동'을 반복하는 풍경이 문득 아이러니하게 느껴진다.

젊을 때 교수에게 들었던 말이 있다.

'살아가는 것은 죽어가는 것이다.'

그때는 몰랐다. 지금은 안다.

시간은 늘 우리 뒤에서 걸어온다.

낡은 돌 위에 쌓인 신앙의 시간, 그 안에서 삶과 죽음은 함께 숨 쉰다.

아버지는 지병으로 오래 고생하시다 떠나셨다. 나는 그 마지막 자리에 없었다. 객지에서 살며 늘 급했고 늘 늦었다. 어느 날 어머니께 조심스레 물었다. 아버지 마지막 말이 무엇이었냐고. 잠시 멈춘 뒤 어머니가 말했다. "딸기가 먹고 싶다고 하시더라… "

순간 말문이 막혔다. 사랑한다는 말 한 마디도 없이 떠난 아버지의 마지막이 시운했지만 그 말을 꺼낼 수 없었다. 기대어 울어본 적도 없이 자란 딸에게 그런 서운함을 말할 자격이 있을까 싶어서.

얼마 전 어머니는 오래 품어온 일을 마쳤다. 아버지 묘를 옮겨 국립묘지에 모셨다. 배우자 자리도 함께 마련되었다. 어머니는 이제 한 짐 내려놓았다고 하셨다. 평생을 그렇게 사셨다. 누가 부탁하지 않아도 짐을 짊어지고 누구에게도 무겁다 말하지 않고 조용히 자신의 길을 걸었다.

나는 그런 어머니를 닮은 삶을 살아왔을까.

문득 성당 납골당을 찾아보고 싶어졌다.

하나님 곁의 자리보다 자식들 마음이 덜 무거운 자리가 좋다.

먼 길을 오가야 하는 무덤 대신 가까운 곳에 잠들고 싶다.

언젠가 한 연극배우가 밝은 얼굴로 말했다.

"이제 내 자리를 마련했으니 여한이 없어요" 라고.

마르가레타 망누손은 데스클리닝을 삶의 마지막 정돈이라 했다.

남기기보다 덜어내는 것.

무언가를 쌓는 시간이 끝나면, 이제는 놓아주는 시간이 온다.

칠십은 그 마음을 받아들일 수 있는 나이다.

무겁게 머물기보다 가볍게 떠날 준비를 하는 나이.

죽음은 결국 우리 모두에게 공평하다.

권력도 명성도 그 앞에서는 의미를 잃는다.

에피쿠로스의 말처럼 살아 있는 동안 죽음은 우리 곁에 없고

죽음이 올 때 우리는 이미 이곳에 없다.

그래서 그 끝은 두려움이 아니라 수긍에 가까운 것인지 모른다.

죽음을 떠올릴수록 지금이 더 소중해진다.

24

공간은 영광을 기억하고
상처도 놓치지 않는다

: 만리장성에서 자금성까지, 돌과 흙 위를 살다간 이들

북경을 처음 찾았던 해는 2014년이었다. 조선족 청년 가이드는 정성스러웠다. 버스에서도, 성 아래에서도 늘 웃으며 우리를 챙겼다. 가족과 살고 싶어 애쓰는 얼굴 그때 그의 얼굴을 기억한다.

북경의 여름은 뜨겁다. 그 뜨거운 공기를 가르며 만리장성으로 향했다. 멀리서 바라본 장성은 거대한 뱀처럼 산맥을 타고 이어졌고 가까이 다가가자 인간의 작은 발걸음으로는 가늠하기 어려운 스케일이 펼쳐졌다. '만리'라는 이름이 과장이 아님을 그때 알았다.

가파른 계단. 잠시 멈추어 숨을 고르는 사람들. 역사책 속 문장들이 눈앞에서 살아 움직였다. 이곳에는 수많은 인부들이 있었고 죄수도 평범한 백성도 있었다. 돌을 나르고, 산을 오르고, 가족을 뒤로하고 결국 돌아오지 못한 이들. 지금도 장성 돌틈에서 유골이 발견된다는 말이 히죵되게 들리지 않았다.

조신의 회성은 정조와 정약용이 같은 시대, 같은 꿈을 꾸었던 군주와 신하가 그려낸 다른 품격이 있다. 인부에게 품삯을 주었다는 기록이 남아 있고 성역의궤 안에는 이름과 품이 적혀 있다. 누가 돌을 옮겼는지, 누기 흙을 다졌는지, 그들의 이름이 지워지지 않았다.

중국의 장성은 위업과 공포의 상징이었고 조선의 화성은 야심과 애도의 도시였다. 하나는 황제의 힘을 세우려 했고 하나는 억울하게 죽은 아버지를 향한 아들의 마음이 깃들어 있다. 그래서 만리장성을 걷던 발걸음 아래에서 들려오는 낮은 울음과 화성의 단단하고 단정한 곡선이 내 안에서 조용히 대비되었다.

여행이란 결국 마음의 저울을 들고 다니는 여행인지도 모르겠다. 거대한 성벽 앞에서도 사람을 보고 돌과 흙보다 그 위에서 살다간 이름 없는 이들을 떠올린다. 역사라는 이름 아래 얼마나 많은 이들이 소모되고 숨겨졌는지. 그리고 시간이 흐르고 나서야 비로소 드러나는 다른 종류의 위엄들이 있다는 사실을 배운다. 공간은 영광을 기억하고 상처도 놓치지 않는다. 한 시대의 힘보다 오래 남는 것은 결국 사람에 대한 태도다.

중국의 랜드마크인 만리장성과 진시황, 그리고 화성과 정조의 이야기는 앞으로도 여러 방식으로 다시 쓰일 것이다. 공간을 기억한다는 것은 단순히 돌과 벽을 보는 일이 아니라 그곳을 살아낸 사람들의 꿈과 권력, 고통과 선택을 함께 바라보는 일이기 때문이다.

만리장성에 이어 향한 곳은 자금성이었다. 자는 우주와 황제를 상징하고 금은 범접할 수 없음의 표시라고 한다. 규모는 여의도의 몇 배. 수천이 아닌 만 명이 넘는 환관과 궁녀들이 살았다는 기록. 숫자만으로도 숨이 막힌다. 영화 마지막 황제의 배경이 되었던 곳, 푸이가 권좌에 앉았던 곳이 바로 그 자리다. 쇠락한 노황제가 빈 전각을 바라보던 장면이 떠올랐

오늘도 누군가 이 성을 걷는다, 수백 년 전처럼

다. 권불십년, 화무십일홍. 살면서 그렇게 많은 장면을 보았는데도 그 장면은 이상하게 오래 남는다. 힘은 언제나 흘러가고 남는 것은 결국 비어 있는 사리인 걸 아는 나이라 그런가 보다.

자금성에 들어가려면 천안문을 지난다. 광장에 걸린 거대한 모택동의 초상화는 중국이라는 국가의 기억과 권력이 어디에 닿아 있는지를 보여준다. 한 시대의 황제들은 이미 사라지고 새로운 얼굴이 역사의 정중앙을 차지한다. 장소는 같고 얼굴만 바뀐다. 체제와 권력은 늘 자기 이야기를 다시 쓰고 때로는 지운다. 역사책뿐 아니라 탁상 달력에서도 기념일이 생기고 사라진다. 어린 시절 '동학란'이라 부르던 일이 이제는 '동학농민혁명'으로 기록되는 것처럼. 언어가 바뀌면 사건의 무게도 달라진다.

자금성. 이곳은 한때 누구도 함부로 들어갈 수 없던 권력의 심장부였다. 지금은 팔짱을 낀 관광객들이 스마트폰을 들고 걷는다. 공간이 옷을 벗어버린 것처럼 보였다. 권력의 상징이었던 벽들은 이제 유리벽처럼 투명해졌고 누군가는 그 속살을 보며 감탄하고 누군가는 사진만 남긴다. 황제조차 마음 놓고 앉지 못했던 자리 위에 셀카봉을 든 사람들의 웃음이 쌓인다.

나이 지긋한 여행자인 나는 거기서 지독한 허무가 아니라 묵직한 순리를 본다. 권세의 끝은 늘 닫힌 문이 아니라 열린 광장이라는 것, 그리고 역사는 거대한 소리보다 조용한 걸음으로 흐른다는 것. 내가 지나치는 돌길 위를 수백 년 전에도 누군가가 지나갔고 앞으로도 누군가가 지나갈 것이다.

공간은 권력의 도구였지만 오늘 나는 그것을 시간의 증인으로 본다. 욕망과 몰락, 영광과 굴욕, 나라의 흥망과 인간의 생애가 층층이 쌓여 있는 자리. 자금성을 떠나며 천천히 되뇌었다.

언젠가 나의 자리도 이렇게 누군가의 발걸음 아래에서 흘러가겠지.

그러니 지금 이 순간을 잘 살아야 한다는 생각이 들었다.

역사의 거대한 문 앞에서, 한 사람의 생은 조용하지만

그 조용함 속에도 의미가 있다. 공간은 사라지지 않는다.

그리고 그 속을 지나가는 우리는 잠시 머물다 가는 존재라는 사실이,

오히려 위로처럼 느껴졌다.

25

온천, 여자들의
숨구멍 같은 공간

: 운젠과 사쿠라사쿠라, 따뜻한 물 속의 고요

일본 여행을 계획할 때 온천은 빠지지 않는다. 몸을 뜨거운 물에 맡기고 피로를 녹이는 일. 그리고 그 시간을 완성하는 가이세키. 작은 그릇과 작은 불. 색과 형태가 서로를 비추며 놓이는 상차림. 양은 적지만 마음은 꽉 차는 식사. 한 사람을 위한 정성이란 이런 것일지도 모르겠다.

가장 기억에 남는 곳은 운젠과 사쿠라사쿠라다. 운젠은 땅이 '살아 있다'는 사실을 눈앞에서 보여주는 곳이었다. 김이 연달아 솟고 달걀 껍질은 검게 물들어 있었다. 지옥을 닮았는데도 사람들은 웃고 있었다. 두려움과 즐거움이 묘하게 섞인 풍경이다.

사쿠라사쿠라는 전혀 달랐다. 조용한 숲, 맑은 공기, 멀리 떨어진 위치. 인간의 목소리보다 나무의 숨이 먼저 들리는 곳이었다. 진흙을 바르고 마르면 온천 물로 천천히 씻어냈다. 몸이 부드러워지고 마음이 풀렸다. 하늘이 절반 보이고 나머지 절반은 따뜻한 수증기가 채웠다.

일본 여성들은 조심스럽고 배려가 몸에 배어 있었다. 사용한 물건을 정리하고 오래 머물지 않고 소리가 낮았다. 씻고 나오는 과정조차 단정했다. 한국의 찜질방은 삶이 그대로 살아 있는 공간이다. 말이 오가고 웃음이 터지고 때론 작은 긴장과 자리 선점도 치열하다. 사람과 사람의 에너지가 부딪히고 스며드는 자리. 중년 여성들에게 그곳은 하루를 내려놓는 드문 시간이고 누구의 눈도 의식하지 않아도 되는 해방의 공간이다.

문화는 다르지만 마음의 욕구는 같다. 씻고, 비우고, 다시 살아갈 힘을 얻는 일. 누군가는 조용히. 누군가는 활기 속에서. 방법은 다르지만 바람은 비슷하다. 루트 리프의『수요일의 여자 사우나』에 이런 구절이 있다. '어쨌든 이곳에 모인 여자들은 세상과 하늘 사이 모든 이

야기를 터놓을 수 있는 공간을 가지고 있는 셈이죠. 중략 다른 어디에도 없는 특별함이 느껴져요. 그래서 참 편안해요.'

여자에게 목욕탕은 때를 밀고 나오는 곳이 아니라 마음의 무게까지 잠시 내려놓는 숨구멍 같은 공간일지도 모른다. 일본 여성들은 그곳에서도 조심스러워 보였다. 우리에게 목욕탕은 분주하고 숨 가쁘고 전투적인 곳이다. 일본 온천에서는 그런 소란이 없다. 아이들이 거의 없고 대화도 낮게 흐른다. 때수건 대신 손바닥으로 조용히 씻어내는 몸. 그 고요 속에 오래된 사회의 결이 배어 있다. 우리는 피부가 벌게질 때까지 아픈 줄 알면서도 마음의 때까지 밀어내고 싶었던 젊은 날들이었을까.

시대가 바뀌고 찜질방이 나타나면서 목욕탕 대신 찜질방 한 귀퉁이에 모여 삶을 나눈다.

운젠과 사쿠라사쿠라 온천.

유황 향과 흙냄새, 대나무가 바람에 비비는 소리.

별빛이 수증기 너머로 하나씩 뜨던 밤 탕 속에서 몸이 따뜻해지자

긴 세월 동안 잊고 있던 감정들이 천천히 떠올랐다.

순수함, 고요함, 그리고 존재의 귀함.

젊을 땐 몰랐던 감정이 나이를 지나 다시 돌아왔다.

뜨거운 물 속, 쉼 없이 움직이던 마음이 잠잠해지고

나는 그 공간에 흘러들어 사라졌다.

나이가 든다는 것은 세상을 점점 덜 잡고

내 마음을 조금 더 살피는 일이었다.

26

어둠 속에서
오래된 이야기들이 걸어나왔다

: 프라하의 밤, 조용한데 깊었던 도시

공간은 먼저 이야기로 다가온다. 그리고 시간이 지나면 이미지가 되고 은유가 된다. 마음 속에 선명한 그림이 된다. 동유럽 여행 중 머문 프라하는 단 이틀이었다. 8월의 뜨거운 햇살 아래, 돌바닥에서 피어오르는 열기가 발끝과 심장까지 올랐다. 처음 보는 풍경이 주는 설렘과 낯섦은 분명 즐거움이었지만 몸은 그 열정만큼 따라주지 않았다.

나이 들어 하는 여행이란,

감탄과 피로가 늘 함께 온다는 사실을 새삼 깨닫는다.

예전처럼 '정복하듯' 여행하지 않고

그저 천천히 스며들어 가는 방식에 익숙해져 간다.

첫 일정은 카를교, 그리고 블타강 유람선. 선상에서 바라본 고풍스러운 건물들 사이로 바람이 지나갔다. 남편의 느긋한 미소, 딸아이의 셔터 소리. 이런 평범하고 작은 행복이야말로 가장 쉽게 지나쳐 버리는 것들이었다. 그렇게 햇살을 온몸에 받아들이며 '지금'을 맛보았다. 오후가 되고 프라하 성으로 향했다. 천문 시계탑 근처에서 빨간 트램을 타고 언덕을 올라가면 중세와 현대가 맞닿아 있는 성의 입구가 나온다. 구왕궁과 성 비투스 대성당, 그리고 그 바로 옆에 자리한 대통령 집무실. 이곳은 성벽 속에 시간이 켜켜이 쌓여 살아 있는 박물관 같았다.

몸은 피곤했지만 마음이 발걸음을 이끌었다.

'지금 아니면 또 언제 볼까.'

그 생각 하나로 다시 카를교를 향해 걸어갔다.

젊을 때는 끝없이 볼 수 있을 것 같던 세계가 어느 순간

'기회가 있을 때 보아야 하는 세계'가 된다.

나이 듦은 욕심을 줄이고 순간을 붙잡게 만든다.

선상에서 바라본 고풍스러운 건물들 사이로 바람이 지나간다.

낮의 카를교는 활기찬 시장이었다. 좌판을 펼친 장인들, 카메라를 든 여행자들, 버스커의 음악, 강 위를 미끄러지는 유람선, 붉은 지붕과 첨탑들. 뜨거운 태양 아래 모든 것이 살아 움직였다. 그 풍경은 여유로움이었고 평화였다. 그러나 해가 지자, 프라하는 전혀 다른 얼굴을 내보였다. 돌다리에 스며든 열기가 식어가자 숨겨진 이야기들이 깨어났다. 중세가 살아난 듯한 밤, 카를교는 고요한 연극 무대였다.

이 도시엔 낮과 밤이 현실과 환상이 겹겹이 놓여 있었다. 수십 개의 성상들은 세월에 씻긴 잿빛으로 잠겨 있었다. 그 얼굴들엔 침묵과 고통의 흔적이 서려 있었다. 그중에서도 성 얀 네포무츠키 동상은 유독 깊은 이야기를 품고 있었다. 정사보다 야사에서 더 큰 울림을 주는 인물. 역사적 사실보다 인간적 이야기가 마음에 오래 남는 것은 아마도 나이 듦이 우리를 이야기의 쪽으로 더 가까이 데려가기 때문일 것이다. 프랑스 철학자 폴리쾨르의 말처럼 정사는 사건을 설명하지만 야사는 마음을 움직인다.

초점은 흐렸지만 그 밤의 온기는 여전히 선명하다.

프라하의 이야기는 눈부신 장식이 아니라 세월이 만든 주름과 그림자 속에 있었다. 관광객들은 그 궁정 신부의 죽음을 정치나 권력의 문제로 바라보지 않는다. 그보다는 침묵을 택한 사람, 끝까지 지조를 지킨 존재, '침묵의 순교자'로 기린다. 그 마음이 동판을 반질반질하게 만든다. 소원을 빌며 손을 얹는 사람들. 나는 그저 바라보기만 했다. 만약 만졌다면 작은 소원 하나쯤은 이루어졌을까. 그조차 어쩐지 묘하게 아름다운 상상으로 남았다.

지금 카를교의 동상은 복제품이다. 원본은 조용히 국립박물관에 잠들어 있다. 성 요한 동상은 그 다리에 처음 세워진 조각이다. 지금도 성 비투스 대성당의 은관 속에서 그는 도시의 심장을 품고 있다. 프라하 성, 카를교, 성 비투스 대성당. 이 세 곳은 체코인의 마음이자 뿌리다. 그들은 고통을 숨기지 않는다. 덮어두고 잊어버리는 대신 꺼내놓고 이야기한다. 아픔을 기억의 일부로 존중하는 태도, 고통마저 도시의 역사이자 자부심이 된다.

나는 한때 홍콩과 상하이, 라스베가스, 오사카, 싱가포르의 야경을 보았다. 그 빛들은 화려했고 나를 취하게 했다. 프라하의 밤은 달랐다. 조용한데, 깊었다. 빛은 적었지만 마음을 더 크게 두드렸다. 어둠 속에서 오래된 이야기들이 조용히 걸어나왔다. 그곳에서는 눈이 아니라 마음으로 풍경을 본다. 빛은 잠시 흔들릴 뿐, 기억은 이야기를 따라 오래 남는다.

낮엔 평범해 보이던 사람들도 해가 지면 맥주잔을 기울이며 활기가 돌았다. 그 열기 속에서 프라하는 또 다른 얼굴을 보여준다. 식당의 긴 나무 테이블, 큰 맥주잔 하나, 안주도 없이 웃음만으로 가득한 사람들, 아코디언 소리가 천천히 퍼지던 저녁. 그곳에서는 술 한 잔도 축제였다. 그 여유가 부러웠다.

프라하 여행은 어쩌면 코끼리의 한 부분만 만지고 돌아온 여정이었다. 하지만 그것도 괜찮다. 숲을 다 보지 못해도 나무 한 그루 바라보는 일은 의미가 있으니까. 숲은 결국 그런 나무들이 쌓여 만들어지는 것이니까.

낮의 프라하는 햇살 아래 고요했고 밤의 프라하는 어둠 속에서 깊어졌다. 그 경계에서 나는 오래 머물렀다. 사진을 정리하며 다시 바라본 프라하는 더 아름다웠다. '내가 저기 있었구나.' '그 순간이 정말 있었구나.' 흩어지는 기억들을 주워 다시 엮는 일. 그것도 여행이다.

프라하는 이야기의 도시다. 아픔과 예술, 저항과 사랑, 고요함과 열망 그 모든 것이 오래된 시곗바늘처럼 천천히, 그러나 정확하게 움직인다. 나는 그 속에 잠시 서 있었다. 그 흐름을 바라볼 수 있었던 행운을 누렸다. 시간이 지나서야 비로소 보이는 풍경이 있다.

중세와 현대가 맞닿아 있는 프라하, 살아 있는 박물관

칠십의 여행자는 빠르게 지나가지 않는다.

조용히 서서 오래 듣는다.

record .

풍경 속에서 이야기를 찾고

이야기 속에서 나를 다시 발견한다.

27

40여 년 만에
현실이 된 상상

:알람브라 궁전, 기억의 공간이 공간의 기억으로

알람브라 궁전의 추억을 처음 들은 건 젊을 때였다. 밤늦게 라디오를 켜 두고 별밤을 들으며 하루의 고단함을 달래던 시절. 아날로그 감성이 전부이던 시대에 기타 선율은 내 마음을 오래 울렸다. 〈알람브라 궁전의 추억〉은 내 상상 속에서만 존재하는 공간이었다. 정교한 문양도, 스페인의 공기조차 알지 못했지만 눈을 감으면 거기 있었다. 사연 많은 사람들의 한숨과 희망이 얽힌 곳. 그렇게 내게 그 궁전은 음악 속 기억으로만 존재했다.

그로부터 40여 년이 지나, 마침내 그 이름 속 공간을 직접 걷게 되었다. 상상으로만 품었던 장소가 현실이 되는 순간이었다. 붉은 성이라는 뜻을 가진 알람브라. 작은 언덕 위에 우뚝 선 그곳에는 시간의 결이 고요히 쌓여 있었다. 무어인의 손끝으로 세워졌고 국토회복운동의 이야기 속에서 다시 빛을 찾은 궁전. 마지막 술탄 보압딜이 남긴 말이 귓가에 맴돌았다.

'스페인을 잃는 것은 아깝지 않지만 알람브라를 다시 볼 수 없는 것이 원통하다.'

눈물의 언덕이라 불린 그의 마지막 길을 떠올리며 잠시 걸음을 멈췄다. 한 시대의 왕조가 떠난 자리에 남은 건 결국 아름다움과 그리움뿐이구나 싶었다. 그날 햇살은 눈부시고 하늘은 맑았다. 정교한 문양, 잘 가꿔진 정원, 은빛을 품은 빛. 마치 먼 꿈결 속 장면이 현실이 된 듯했다.

가장 먼저 마음에 남았던 곳은 나스르 궁전이다. 술탄이 머물던 공간이자 알람브라의 심장은 섬세하게 새겨진 아라베스크 문양은 세월을 비웃듯 정교했다. 그리고 그 한가운데 사자의 궁전. 왕의 사적 세계였다. 어린 나이에 권력에 의해 선택된 후궁들, 사랑받기 위해 평생을 바쳤을 삶, 그들의 마음을 잠시 상상했다.

영조의 사랑을 받지 못한 정성왕후가 떠올랐다. 평생 외로움을 견딘 여인으로 살아서도 사랑받지 못했고 죽어서도 홀로 잠든 사람이다. 궁정의 화려함 뒤에 가려진 외로움과 고요한 인내, 여인들의 삶은 늘 비단 위에 흘린 눈물 같았다.

정교한 문양 사이를 걷다 보니 현실과 꿈이 섞였다.

나도 어느새 그 나이가 되었다.

세월을 건너 여기까지 왔다. 젊은 날,

알람브라의 그리움을 음악 속에서만 품던 나는 이제

현실의 햇빛 아래 서 있었다.

꿈꿀 줄 아는 나에서,

기억을 되짚을 줄 아는 내가 되었다.

젊은 시절이 상상으로 채운 풍경이라면

지금은 살아낸 시간들이 이해로 더해진 풍경이었다.

나이 듦이란 단지 늙어가는 일이 아니라

기억의 층을 쌓아가는 일임을 알게 된다.

이곳에서 나는 화려함보다 고요를 본다. 역사의 환희보다 그 아래 숨은 긴 시간을 본다. 젊을 때는 찬란함이 마음을 흔들었지만 지금의 나는 오래된 흔적에 더 오래 머문다. 살아온 세월이 길어질수록 눈부심보다 기억이 깊어진다.

이 길 위에서 나는 느낀다

예전엔 몰랐던 것을, 시간이 알려 준다.

기억이 쌓인다는 건, 마음이 깊어진다는 뜻이었다.

섬세하게 새겨진 문양은 세월을 비웃듯 정교했다.

사자의 궁전을 지나며 두 자매의 방과 대사의 방, 그리고 아벤세라헤스의 방을 찬찬히 둘러보았다. 천장은 종유석처럼 매달린 정교한 장식으로 반짝이고 있었다. 이슬람 문화는 인간 형상을 배제한다. 그 대신 문양과 빛, 패턴과 섬세함으로 세계를 만든다. 아무것도 새기지 않고도 모든 것을 새기는 방식. 그 고요한 절제 앞에서 한침을 서 있었다. 젊을 때는 화려함이 먼저 눈에 들어왔다면 지금의 나는 절제와 침묵이 먼저 다가온다. 나이가 들수록 마음은 소리를 덜 찾고 결을 더 느낀다.

그 길을 따라 술탄의 여름 별장, 헤네랄리페로 향했다. 사이프러스가 똑바로 서 있고 분수와 꽃이 조용히 길을 열어 주는 정원. 코란 속 낙원을 형상화했다는 그 장소. 13세기, 14세기 시간의 겹이 흘러가듯 펼쳐져 있었다.

태양 아래 반짝이는 물과 꽃을 보며 아름다움이란 본래 목적이 아니라 결과라는 것을 느낀다… 사랑받고자 꾸며낸 것이 아니라 살아온 시간들이 자연스레 새긴 흔적이었다. 칠십을 향해 걷는 지금, 나는 아름다움을 욕망하지 않는다. 다만 아름다운 기억을 남기고 싶다.

정원을 지날 때 한 그루 고목이 눈에 밟혔다. 후궁의 비극을 목격하고 결국 함께 말라버렸다는 나무. 사랑을 위해 선택된 자리였지만 사랑받지 못할 운명이었다면 얼마나 잔인한 일인가. 그 이야기는 오래된 건물과 나무에 스며 있었다. 나는 발걸음을 멈추고 그 시간을 가만히 느꼈다. 타인의 눈물 위에 세워진 영광 앞에서는 누구나 잠시 고개를 숙이게 된다. 나도 내 인생의 어느 순간들에서 누군가의 아픔을 모르고 지나친 적은 없었을까. 세월이 깊어질수록 그런 질문이 마음에 오래 남는다.

알람브라는 한때 폐허로 남겨져 있었다. 250년의 침묵. 그러나 한 작가의 기록이 다시 그곳을 세싱 밖으로 불러냈다. 그리고 한 음악가가 그 흔적을 선율에 담아냈다. 잊힘과 발견, 소멸과 부활. 그 흐름 속에서 공간은 다시 살아났다. 그 순간 나는 알았다. 기록은 누군가의 생을 다시 빛나게 하는 힘이라는 것을. 그래서 나도 쓴다. 내 걸음과 내 마음을 남기려 한다. 나의 존재기 사라진 뒤에도 언젠가 누군가 잠시 멈춰 서길 바란다. 기억은 이렇게 이어진다.

여성의 이름이 지워진 역사 속 이야기를 지나며 마음이 잠시 무거워졌다. 나혜석도 있었고, 클로델도 있었다. 비록 고단했으나 그들은 스스로의 목소리를 낸 사람들이었다. 그 흔적이 지금 우리에게 닿는다. 칠십 문턱에 다다르니 비로소 알게 된다. 세상은 결국 말한 이들에 의해 기록되고 침묵한 이들 속에서 진실이 자란다는 것을. 나는 이 길을 걸으며 다짐한다. 내 삶의 목소리를 끝까지 잃지 않겠다고. 남을 위해서가 아니라 나 자신을 위해서.

정교한 문양 사이를 걷다 보니 현실과 꿈이 섞였다. 베르사유가 열린 하늘의 정원이라면 알람브라는 닫힌 꿈의 정원이다. 바람 한 줄기마저 은밀하게 느껴지는 곳이다. 그 비밀스러움 속에서 나는 오히려 위로를 받는다. 드러내지 않아도 되는 마음이 있고 말하지 않아도 되는 진실이 있다. 젊을 땐 모든 걸 말해야 한다고 믿었지만 고요함이 지키는 것들이 있다는 것을 지금은 안다.

그리고 어디선가 흘러온 기타 소리. 검은 연주복을 입은 연주자의 손끝에서 트레몰로가 번졌다. 나는 음악이 난 곳으로 걸음을 옮겼다. 햇빛 아래, 수많은 사람들 사이에서 홀로 선율을 따라가던 내 마음.

그 곡을 처음 들었던 열여덟 살의 나와, 지금의 내가 마주했다.

그때 나는 세상을 향해 열려 있었고 지금의 나는 나를 향해 깊어져 있다.

세월은 이렇게 사람의 방향을 바꾼다.

바깥을 좇던 시선이 안쪽으로 돌아오는 순간이 있다.

나는 '알람브라에서 그 변화를 받아들였다.

지나온 시간들도, 아직 남아 있는 시간들도, 모두 내 이야기를 완성하기 위한 여정이다.

언젠가 다시 이곳을 찾을까. 그때의 나는 어떤 얼굴로 이 길을 걸을까.

그 생각을 가만히 품고 천천히 그곳을 걸어 나왔다.

기억의 공간이 공간의 기억으로 바뀌는 순간이었다.

A J O U R N E Y A T S E V E N T Y

EPILOGUE

기억된 나와 그 기억을 다시 쓰는 나 사이의 거리를 천천히 줄여온 시간이었다. 오래 살아온 만큼 잊힌 줄 알았던 장면들이 되살아났다. 그 장면 속의 나는 때로는 어린이이였고, 때로는 무모했고, 때로는 깊었다.

이 책은 은퇴 후 걸어온 10여 년의 여정과 그 여정에서 다시 마주한 세상의 이야기나. 그 세상은 풍경과 사람, 사물과 공간으로 나누었지만 결국 모두 나에게 닿아 있었다. 새로운 길에서 낯선 빛을 보며 익숙한 마음을 발견하고 오래된 시간 속 나를 조용히 불러냈다. 여행은 바깥을 보는 일이었지만 더 깊이 보면 언제나 나를 확인하는 일이었다. 글은 그 확인의 도구였다. 내면을 닦아내고 쌓인 감정을 털어내고 오래 묻은 생각을 천천히 빛 속으로 꺼내는 작업. 그래서 이 글쓰기는 덧칠이 아니라 지움. 보이고 싶지 않은 얼굴까지 마주하며 한 문장씩 다시 적어 내려왔다. 내가 바라본 풍경 너머의 나는 때때로 초라했고 가끔은 꽤 단단했다. 그렇게 글이 나를 데리고 오래된 기억 속을 걸었고 나는 길가에 놓여 있던 나의 조각들을 줍듯 다시 모았다.

나보다 앞서 용기를 낸 이들이 있었다. 시바타 도요 할머니는 아흔여덟에 글을 세상에 내보였다. 모지스 할머니는 일흔여섯에 붓을 들고 백 살에 사랑받는 화가가 되었다. 마르그레타 망누손은 여든이 넘어서 삶을 농담으로 쓰는 법을 보여주었다. 뒤늦은 시작이라는 건 결국 존재하지 않는 말임을 그들은 몸으로 증명했다. 나도 그 뒤를 따랐다. 나의 속도로, 나의 나이로, 나의 마음으로. 아직 늦지 않았다. 지금이 가장 이른 때다.

이 책을 세상에 내놓는 마음은 떨린다. 기쁨과 두려움이 한 자리에 앉아 있다. 사랑받기를 바라는 마음과 아무도 읽지 않을지도 모른다는 불안이 함께 있다. 하지만 누가 읽어줄지보다 먼저 내가 내 삶을 진심으로 읽어주었다는 사실이 더 중요하다는 걸 깨닫는다. 엔소니 드

멜로의 말이 오래 마음에 남는다.

일생 동안 너를 저버리지 않을 사람은 결국 너다.

너의 질문에 답을 알고 있는 것도 너다.

네 문제의 실마리를 이미 알고 있는 것도 너다.

　나는 이제야 그 문장을 조금 이해한다. 나를 붙잡고, 나를 믿고, 남은 길을 천천히 걸어보려한다. 삶의 후반부는 이토록 단정하고 고요하게 흐를 수도 있겠구나. 그 사실이 다행이다.

칠십 여행

초판 1쇄 인쇄	2025년 12월 19일	**전략 지원**	DK(김정현)
초판 2쇄 발행	2026년 2월 25일	**홍보담당**	썸머(윤서하) 리사(김민주)
발행	스노우폭스북스	**검색**	형연(김형연)
발행인	서진	**제작**	해니(박범준)
		종이	월드페이퍼
지은이	이여진	**인쇄**	남양문화사

진행 진저(박정아)
엮은이·책임편집 편집2팀 퀸비(서진)
편집 카린(홍다휘), 네오(김남혁)

주소 경기도 파주시 회동길 527, 스노우폭스북스 사옥 3층
대표번호 031-927-9965
팩스 070-7589-0721
전자우편 edit@sfbooks.co.kr

표지·본문 샤인(김완선)
디자인 써니(이성희)

출판신고 2015년 8월 7일 제406-2015-000159
ISBN 979-11-94966-23-4　(02800)

- 스노우폭스북스P는 스노우폭스북스의 브랜드입니다.

- 스노우폭스북스는 여러분의 소중한 원고를 언제나 성실히 검토합니다.

- 이 책에 실린 모든 내용은 저작권법에 따라 보호를 받는 저작물이므로 무단 전재와 무단 복제를 금합니다.

- 이 책 내용의 전부 또는 일부를 사용하려면 반드시 출판사의 동의를 받아야 합니다.

- 잘못된 책은 구입처에서 교환해 드립니다.

스노우폭스북스는 "이 책을 읽게 될 단 한 명의 독자를 바라보고 책을 만듭니다."